U0003889

LOCUS

LOCUS

LOCUS

LOCUS

mark

這個系列標記的是一些人、一些事件與活動。

mark 134
阮是漫畫家

阮光民　著

編輯　連翠茉
校對　呂佳真
美術設計　林育鋒、許慈力

出版者：大塊文化出版股份有限公司
台北市 10550 南京東路四段 25 號 11 樓
www.locuspublishing.com
讀者服務專線：0800-006689
TEL：(02) 87123898　FAX：(02) 87123897
郵撥帳號：18955675　　戶名：大塊文化出版股份有限公司
e-mail:locus@locuspublishing.com
法律顧問：董安丹律師、顧慕堯律師

總經銷：大和書報圖書股份有限公司
地址：新北市新莊區五工五路 2 號
TEL：(02) 89902588（代表號）　FAX：(02) 22901658

初版一刷：2017 年 9 月
定價：新台幣 300 元
ISBN　978-986-213-823-6　　Printed in Taiwan

阮是漫畫家

阮光民——著

推薦1

宛如修行的漫畫家

吳念真　作家、導演

這輩子最佩服也最羨慕會畫畫的人，尤其是那種會用圖畫說故事的。

小時候雖然也跟著瘋《四郎真平》，但現在想起來彷彿只是少年時期某種英雄崇拜，過癮但缺乏感動，而迄今難忘的反而是童叟先生在《國語日報》上連載的《我們六個》（確定的篇名相隔將近六十年，如有落差還請原諒），也許故事背景和當時貧困的生活環境接近，因此即便當時只是八九歲的年紀，卻曾多次看到動容、流淚。

幾年前意外地看到一篇漫畫的試閱版，故事背景是一間老式理髮廳，男主角的造型有點頹廢，主要的顧客大部分是附近的老人家，每張臉好像都有自己的人生故事，然後，有一天闖入了一個女孩，說是男主角同父異母的妹妹……

這樣的場景和人物一看之下腦袋裡忽然就冒出很多情節來，一如當年看到弘兼憲史的《人間交叉點》和《黃昏流星群》，覺得改編成電影或電視劇集的可能性太高了，於是做了生平第一次的決定，打電話到出版社詢問購買改編版權的可能性，沒想到早已有其他製作公司捷足先登。

那是我第一次知道阮光民這個漫畫家。

阮光民那本叫《東華春理髮廳》的漫畫之所以會讓我有改編的衝動，我想就和《我們六個》一樣，他們都傳達著濃烈的時代氛圍，以及作者對那個時代的平民百姓生活面貌的理解和關切。

不同創作者面對同樣時代都會有不同的思考和著眼點，當然也會運用不同的表達形式，而阮光民一直以來偏愛的好像都是寫實風格，包括他最近的《用九柑仔店》（說來也巧，幾年前我也拍過一個短片，說的也是柑仔店，片名也極其類似，叫「有家小店叫永久」）。

這回這個以寫實為基礎的漫畫家要出書了，他用文字敘述了自己成長以及為何選擇漫畫這個行業的完整軌跡。

讀完他的大綱初稿⋯⋯我不得不承認雖然相識但並不熟稔的我們兩個，年齡也相差將近三個世代，但似乎有著類似的基本性格，那就是對「人」本能的好奇與興趣。

也許我們並沒有能力去幫助、拉拔或鼓舞誰，但卻好像都很樂意以自己有限的方法，讓更多的人來認識某些我們覺得值得被認識的人。

想跟小阮說的是：人生能做自己喜歡的事是幸福的，而能讓人家透過你的敘述認識更多的人，那是難得的福分，所以即便困境、空乏如影隨形，且就把它當作是一種任務、一種修行吧。

共勉之。

推薦2

師仔的榮耀

賴有賢 漫畫家

算算光民八十六年進工作室到今年剛好過了二十年，如今光民已是年輕一輩創作、出書最穩定，也最受歡迎的漫畫家，更是台灣漫畫新生代人氣與實力兼備的代表性人物。

回想起第一次光民跟他父親從斗六來台北工作室的畫面，當時光民父親很誠懇的把他的小孩委託給我，也開啟了光民入行的漫畫人生，一句「師仔」拉近了我跟光民六年多的師徒緣分，當時我正在東立出版社同時連載《真命天子》、《小和尚》漫畫。剛當助手的光民很快就融入工作室的趕稿環境，對交給他的工作更是快快上手！舉凡背景的刻畫、貼網、上墨線、塗黑等工作都能得心應手，表現出色。同個時期還有南昇、阿維、小龍、小新，如今都是在不同領域中有所成就的一群佼佼者。

助手生涯是成為漫畫家最佳的學習歷練，助手要學的不止是漫畫家老師的畫漫畫技術，更重要的是學會老師對漫畫創作的理念、時間管理，還有做人做事的態度。畫漫畫最重要的是會講故事、會分格（分鏡）、會表演、懂節奏、畫面構圖、文字對白、角色魅力塑造等，助手在處理漫畫家的原稿草圖，以及從無到有真實呈現的構圖中，最能貼身、第一手快速吸收到以上能力。耳濡目染下，光民在助手的六年多裡累積了當漫畫家的能量，隨著畫出自己的原創作品、嘗試比賽，在各大比賽中拿下無數第一名的好成績，為未來出道做好準備。

在這裡也感謝光民六年多來的幫忙與付出，《真命天子》、《小和尚》漫畫能受到歡迎，有很大功勞是你在助手期間對作品注入了你的天分，不論背景的刻畫設計，還有完稿的精緻度與細膩度都大大為作品加分。我們慢慢形成的絕佳默契，只需我畫出簡單透視線條與大頭人位置，光民就能精準畫出我要的畫面，而且有更多驚豔在裡面，這都源於光民的漫畫理解能力與天賦，深具火候。

光民作品擅長人性的描寫與草根故事連結，畫風自然具親和力，作品有《東華春理髮廳》、《幸福調味料》、《天國餐廳》、《用九柑仔店》、《警賊》、《鐵道奏鳴曲》等，創作不斷，得到很好的成績與口碑，在台灣漫畫界擁有一片天。恭喜這個來自南台灣的鄉下小孩，身為「師仔」與有榮焉。好好在創作這條路上發光發熱吧，真心祝福你，加油！《阮是漫畫家》是光民漫畫人生最真實的心路歷程，是喜歡光民的讀者紛絲必須珍藏的一本創作集，推薦給你！

——推薦3——

時光的縫補師

蔡南昇　名設計師

一早起來，隔著工作室窗子往下看，公園裡一個上班族眼神放空坐在椅子上吃著早餐，不知道在想著什麼，下一秒他回神像醒了過來，站起身是要去工作了。

那只有在某些片刻一閃而過、茫然空洞的眼神，常常吸引住我。如果用漫畫的語言，該怎麼把這件事轉換成鏡頭呢？基於作為過去從事漫畫工作時的習慣，總是不自覺地在腦海中替別人編造起了人生，想用畫面捕捉那些不可言說的感覺。這也是我向來喜歡閱讀漫畫更勝於觀賞動畫、電影的原因，除了過程可以自己掌握節奏外，在同一個頁面裡，每一段線條、分格、鏡頭彼此都有特別的意義在。

我相信每個人隨著從事的工作，思考都便會形成特定的慣性，對於理解人與事各有不同的角度。同樣是詮釋劇情，常有人認為漫畫家與影片導演是類似的工作，但我覺得漫畫家的視角與導演有著很大的差異。

常有機會談起過去和光民一起工作的那段日子。每當回想第一次進工作室見到他的情景，又會習慣性的將這些往事格放、停在某些表情上，接著一格格塞進記憶的櫃子裡，偶爾打開來看。儘管是二十年前的事了，我仍會想起那個燥熱的夏天、四樓破舊公寓，他穿著背心手持沾水筆從漫畫堆裡走出來的模樣。如果這是影片，過程便是線性且伴隨著聲音。不過我們還是習慣漫畫式的思考，漫畫的時間性常常要我們停駐，甚至回頭，畫格周圍有著裝飾性的狀聲字，細心刻畫的背景藏著無數線索——漫畫家腦中或許就是畫塞滿這樣瑣碎的片段吧。

用這樣的角度來看光民作品，你便能理解他對於細碎的情感為何如此珍視，感受出他不只對你說些故事，畫框裡那些沒有言語的演出才更是重要的部分。

每個漫畫家作品裡都有關懷的主題，以光民來說，對於缺憾與不完美的描寫經常反覆出現在他故事的基調裡，但我從不認為他對人性是悲觀的，他最後總會讓你看見溫暖、對過去的和解與釋懷。

光民常以定點場所去發展周圍人的各種故事，理髮廳、雜貨店……多是小時候你我記憶中的場景、親切的街坊鄰居。這些看似稀鬆平常，但人與人之間卻常可見現代社會裡少有的真誠互動，這些題材的靈感也都源自他童年的經驗和觀察，也因此你更能感受出他如何以漫畫重現心中美好的年代，試圖像座橋梁連結著舊有珍貴的精神給別人。

光民有如時光的縫補者，也像是持著畫筆的魔術師，讓你想起小時的玩伴、分開的戀人，或者無法再見到的親人與朋友。他用虛構的劇情藏著真，而我們藉他把遺憾補起，想起過去真摯的情感，終於鬆開心中的幽靈並得到安慰。

目錄

五根手指頭

就這樣，我突然豁然開朗，看開了，因為懂得站在更遠的地方看這一切，也因為離得遠，就沒那麼在意了，再者，命運本來就是看不見的。

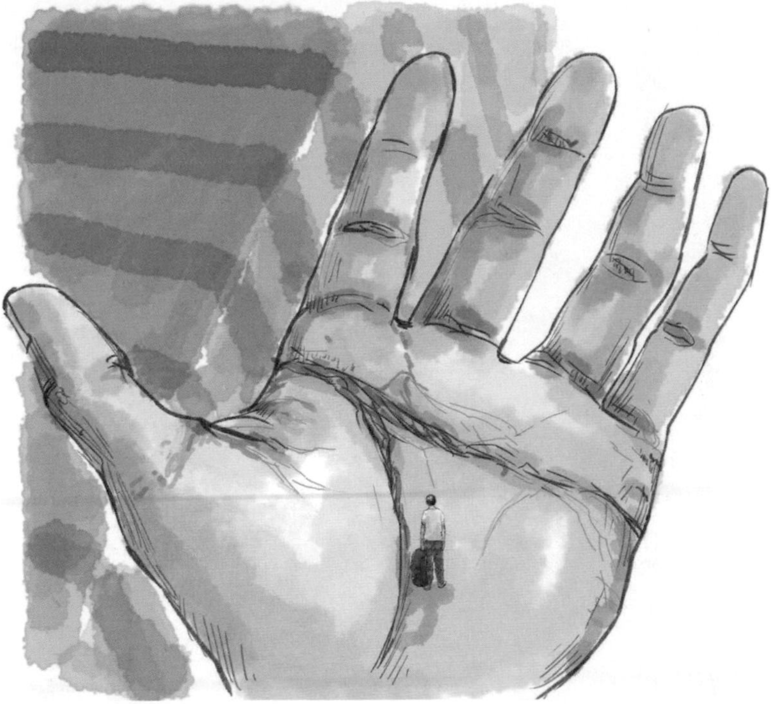

我爸要我把左手攤開，掌心向著自己。在我還不清楚他想說什麼道理之前，我發現掌紋好像是有生命的。因為除了原本生命線跟那條直接剖半的斷掌線外，又節外生枝多了許多小細紋。

退伍的前幾個月，休假回台中家。其實我不記得地址了，只記得是個滿新的社區，房東的女兒滿美，房租滿貴，說實在沒住過高級的社區，走在中庭連步伐都小心翼翼的。幸好當兵時我選擇三年半的領士班（軍校的領導士官簡稱），水電半價，我的薪資加上妹妹薪水，媽媽帶小孩的保母費足夠撐起這個家。

記得國中後就開始經常搬家，總覺得一直在告別。貼在牆上的圖總是被撕破角落，像離開要去某處上車前必須把票根撕下一角，而那些殘留的透明膠帶附著圖畫紙的牆，便成了我曾經住在這裡的紀念碑。不過，後來我用素描本畫畫了。頻繁的搬家，讓我有時真希望像卡通演的一樣，房子下裝個輪子直接拖行。

有次弟弟騎機車載我，經過某些熟悉的街景，我問他我們好像住過這裡對吧？我弟回我說，對啊，等一下左轉過去有一間也是。機車像推軌，我的目光像鏡頭一樣 Pan 過去。想著現在是哪個家庭住在裡面？牆上那些殘膠很難處理吧？

我曾住過三合院，曾祖母的土塊厝，後來法院查封，只好搬去外公外婆留下的縣政府宿舍。我媽很會整理，一家五口的日常用品、家具全塞進這十四坪的空間裡。宿舍一排有五戶人家，一條巷子左右兩排，牆連著牆。隔壁住的是瘦瘦的朱（豬）伯伯，對面住的是胖胖的穆（木）伯伯，這讓學齡前的我非常錯亂。房子一打開門整個直通通，主要隔四個空間，最後面還有個小花園。我媽之所以能迎刃有餘的規劃，完全是因為以前外公一家六口，有時還會有親戚小孩前來寄宿，從小訓練出來的本領。

這裡我也算熟，小學之前，周末都住外公家，我喜歡這裡。

有時候，外公會帶我外宿在雲林國中，因為值班可以加薪水。外公很會寫毛筆字，常教我認字，小學一年級國語課都在畫畫，因為很多生字早在就學前已彼此認識了。而相較於其他興趣或才藝，筆跟紙又是最便宜的。所以除了畫畫，外公也私心要我學一下毛筆字，三年級毛筆課，導師說我描範本，我不服氣當場寫給他看。拜託我吸的空氣有一半是墨汁的味道耶。墨汁的味道，綠色的蚊帳，收音機播的川劇，都是等我睡著它們才下班休息的。

外婆精通日、國、台三種語言，跟姊妹說祕密都用日語，硬筆字寫得很美，縣政府曾直接拿她的字去當鉛字模，她手也很巧，衣服都自己設計、自己剪裁。外婆長得很高，嘴巴很硬，心卻很軟，看電視常看到哭。她總是稱讚我畫的圖，常拿月曆紙讓我畫。

在家我通常和外婆睡覺，她的枕頭是竹編高高的那種，記得她的身體很柔軟，熄燈後，她允許我躺在她的胸前聽她的心跳聲。「好了，躺好睡覺。」她覺得胸口太重影響她入睡。留我盯著天花板。牆上時鐘秒針發出的滴答聲，噠！噠！噠！噠！天花板開始傳來細微的腳步聲，那是有一群很小的人住在天花板上面，白天怕被人類發現，只好晚上才活動。他們交談的語言是「唧唧」，長短不一，比較像是暗號，有時他們的腳步急促，應該是開運動會在賽跑，有幾次腳步聲就在我正上方停下來，我怕他們下一刻會踩破天花板跳下來，於是拉起已經入睡的外婆衣角，外婆沒好氣的說，「快睡覺！」我想，是她還在生我的氣吧？我尿尿時，常故意尿進她用來蓄水的桶子裡，她不打我，只會邊罵我「癩哥」，邊把水倒掉再蓄一桶。然後我再尿。「修光民，走，跟我去學校。」外公四川口音很重，小唸成修。他總是知道外婆要開始唸了。外婆喜歡用碎唸來表示關心與愛，但她才開口，外公往往就感覺到了。

下雨前，螞蟻會移動，爬上窗台走在窗櫺上。窗櫺的紋路像外婆笑起來的眼尾細紋，也像我眼前掌心的細紋。

「我們人每隻手有五根手指頭。」爸爸開口就說了句大家都知道的廢話。

老實說，和爸爸這樣面對面坐著聊天，次數可以用十根手指頭數出來，還剩一兩根。年輕時經常是這樣的，在身邊的總以為兩隻手隨時可握住，卻忽略十根手指有八個指縫，很多原有的時間、情感就從縫裡流掉了。少相處情感就很難扎根，所以經常在我家看到的畫面是，本來跟媽媽四個人在客廳聊天，爸爸一坐下，大家靜默，妹妹、弟弟隨即找藉口各自離開，而當大哥的我一定是撐到最後，然後才說「我要去畫畫」，如同舞台劇戲碼演到一個段落，角色離場轉黑幕。多年後聽媽媽轉述，爸爸感嘆為何小孩看到自己就想迴避。媽媽回答，不習慣啊。

聽人說習慣養成只要持續二十天，但對我爸來說，可能很難。我媽說，他的時間大都用在喝酒和追錢。記得小學四年級時，他不知哪來的五百元，買了一台藍色遙控汽車給我，只能控制倒退的那種。我心情超爽的，抱著車坐在爸爸偉士牌機車後座，一路想像著等一下怎麼玩。突然爸爸停下機車。一個叫阿桂的女人，把機車擋在前面，她的打扮跟聲線很像男性，眼睛凸凸的頂著小鬈髮。她催促我爸快還錢，我看出爸爸的尷尬，也可能因為兒子就在後座看著這畫面，他希望對方再給他一點時間。對方仍咄咄逼人一直唸一直唸，我低著頭也跟著尷尬與焦慮，看著手上的遙控車，心裡打定主意乾脆把它給對方，希望這台值五百元的遙控車可以堵住她的嘴。可是我又好掙扎，才拿在手上不到十分鐘，都還沒看到它奔馳的樣子。腦子裡的想法嚴重使喚不了手的動作。我沒聽見他們最後達成什麼協議，總之爸爸的機車再次發動，我不禁鬆了一口氣。

回到家，我立刻拆開包裝，讓藍色遙控車在家門埕奔跑。但不一會兒車子超出遙控範圍，掉進水溝。我立刻衝過去把它撈上來。幸好輪子還在轉，也因為轉動，水溝的水噴了我一臉和衣服。原來遙控也有範圍，我有點失望。因為遙控很難斟酌界線在哪，車子常衝出去倒不回來，車體因而常遭遇摩擦或撞到牆。已經忘記它的下場如何了，但我記得畫過它，在它還沒受那麼多傷之前。

爸爸問我最想做的五件工作是什麼？叫我從大拇指開始往下數。

說到手指頭，不得不想起小時候曾經跟著妹妹去山葉學鋼琴，不過一個星期後，我毅然放棄了。老師老是說我手指頭太硬，明明我吹笛子手指超靈活耶，算了，老師也不漂亮又兇。

領士班後，很多學長都沒繼續簽下去，因為當時台灣中小企業發達，有些企業都去大陸了，就業很容易。我也沒簽，但在軍營看漫畫雜誌看到許多國內漫畫家，感覺漫畫也欣欣向榮，所以我用右手點著左手大拇指說我想畫漫畫。

爸爸接著問：「有管道嗎？」沒有啊，所以當兵時投大然出版社新人獎，當然就是砲灰啦。

那第二個想做的呢？畫卡通。爸爸又重複問類似有無管道的話。嗯……沒有。然後我們都沉默了。我知道爸爸正在看我，但我眼睛看著手。

「我完全沒有規劃，回想這之前對人生最有規劃的那一刻，大概就是簽下領士班的時候。當時只想存一筆錢付頭期款，用媽媽的名字買往湖山岩路上的一棟透天厝，到了三年退伍時，存的錢又可以再繳掉一筆，之後若是找不到工作，我就繼續當兵，反正部隊滿涼的，可以畫畫，福利也不錯。可是臨退伍，發現房子被你拿去借二胎了。房子沒了，我的規劃白忙一場。從高職開始打工就這樣，每存一筆錢你就借去，每計畫什麼都被你毀掉。否則，我們現在應該是坐在原本的家談論未來的。」

就這樣，我突然豁然開朗，看開了，因為懂得站在更遠的地方看這一切，也因為離得遠，就沒那麼在意了，再者，命運本來就是看不見的。

「那第三個，你還能接受的工作是什麼？」

做看板吧，我想不到四和五了。

「嗯！那就先做看板吧，邊做邊等機會，再做第二跟第一的工作吧。」

那晚，父子的對話到此結束。爸爸很得意，感覺幫了兒子一把，也參與了他的人生。

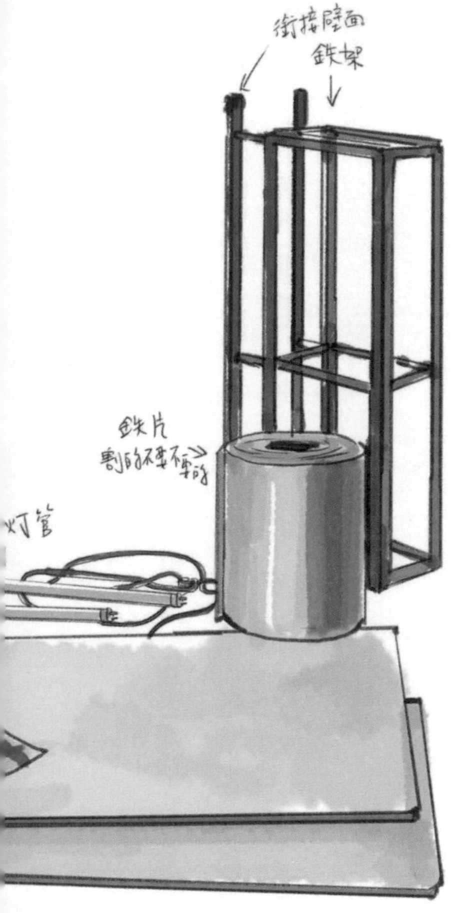

看板店紅燈停

小時候常在廟埕玩「紅綠燈」，每當雙手合十喊紅燈時，我並不祈求綠燈的同伴來救我，因為不用跑給鬼追反倒輕鬆，也可悠哉地看大家跑來跑去。

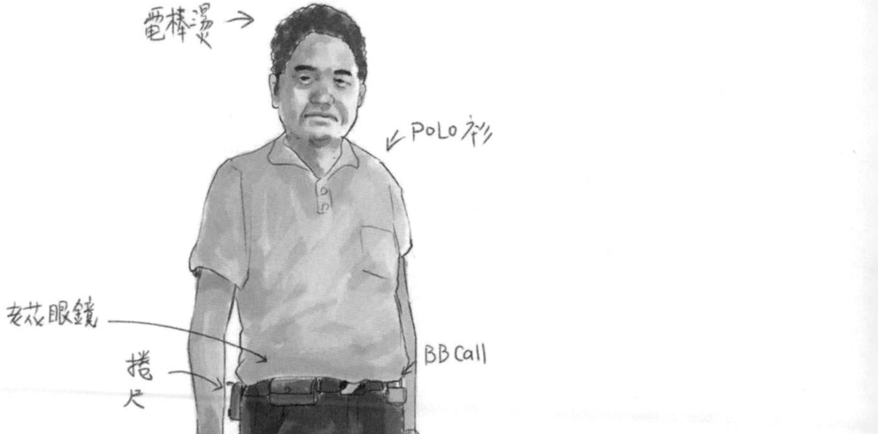
電棒燙
POLO衫
老花眼鏡
捲尺
BB Call
鋁條
電動羅賴把
西裝褲
噴水器(泡泡水)
浪浪板(壓克力)
西德紙
美工刀

退伍十五天後，我在台中家附近找到做看板的工作。上班下班騎機車大約十五分鐘。早上八點到傍晚五點半，月薪一萬五包中餐。

其實，高職畢業等當兵期間，就在看板店做過了。民國八十年左右做看板滿好賺的，至少斗六是這樣，高職學長或同學畢了業幾乎都做這一行，更別提電腦割字發明後，那真的是「割」聲不斷，看板界「割」舞昇平，單單斗六應該就有超過十五家做看板的。打工的店老闆後來甚至娶了和我一起工作的校花學姊，可惡，害我好想立刻開看板店喔！

小紅，是我送媽媽的第一台機車。一百ｃｃ、紅色車體，前方有菜籃，標準的家庭主婦用車，但搬到台中後，媽媽就很少用到，便成了我上班的交通工具。車子行進時，遇到路面起伏會發出「嘰咕嘰咕」的聲音，應該是避震器感受到壓力的哀號，不過還算悅耳。可怕的是喇叭，燒聲燒聲（沙啞）的，有如感冒去ＫＴＶ硬要唱〈愛情釀的酒〉。偶爾我會在避震器充滿節奏的哀號中加上喇叭聲，嘰咕嘰咕叭、嘰咕嘰咕叭，讓心情整個愉悅起來。

老闆名字我忘了，但記得長相很像《海角七號》裡的馬如龍。襯衫紮進腰間，卻修飾不了鮪魚肚，皮帶扣是ＹＳＬ，腰間掛著早期的手機大哥大，這樣大家應該就有畫面了吧，不需再文字形容。這家店位在一座高架橋下，一下橋右轉就到了。耐人尋味的是，身為看板店，自己卻不掛看板。想必是在業界做出名聲了。機車拐進去，看到的右邊是一堆材料，鐵架、阿魯咪（鋁條）和鐵，一眼就認出是回收來的；左邊是工作區的鐵皮屋，連接一棟透天厝，房前停著一輛發財車。

老闆兒子小我一歲，也是剛退伍，女兒則接手老闆娘當起會計。老闆說，「以後就放給你們年輕人做了」，顯然有意培養兒子接班，訓練我當接班人的工人。

做看板大致分四個步驟。

1．字形排版，割字後貼在壓克力（後來都用波浪板），一式二份。
2．安裝鐵架（需找鐵工焊接），剪鐵片包覆四周，鋁條包邊，螺絲固定。
3．接燈管、拉電線。
4．聯絡吊車，排時間到店家安裝。

老闆幫人掛招牌也拆招牌。他是個節省的人，拆回來的招牌，吩咐我小心拆解零件，以便日後可以再次運用。雖然一副壞人臉，但在教授工夫時很有耐性，還會一直囑咐我注意安全。印象最深刻是某次剪鐵片事件。鐵片是一卷的，如放大版的封箱膠帶，必須滾動攤開，量好長度後再剪，貼包覆講究一體成型，銜接部分要在看板立起來時的底部，以免颳風下雨水流進內部，造成燈管電線短路。

那一次，我一攤開鐵片，左手指立即像被水彩筆畫出一道紅線，並且染到鐵片上。我第一個反應是怕挨罵，東張西望確認有沒有人發現，然後用一邊衣角緊緊包覆左手指，右手再抓起另一邊衣角擦拭鐵片。不過，老闆還是發現了。他從後頭走過來。

「啊你還沒流汗就先流血了。不是叫你小心點嗎？」隨即接過剪刀，再次示範如何拿起攤開的鐵片，「看好喔，拇指跟四根手指要跟鐵片同一個水平線移動，手指只要有角度，鐵片一晃或拉扯就會割到了，知道沒？」頭家，我知道了。

嗯，沒錯！鐵片的存在本來就不是為了要弄傷誰，只是用的人角度不對。老闆轉頭吩咐女兒去拿醫藥箱，好幫我上藥包紮。遺憾的是，老闆娘接手了。

不過，工作中我最怕的是裝燈管、拉電線的部分。老闆示範時我全都了解，一接手腦子卻空白一片。這種經驗跟我以前上數學課一樣，每當老師解釋黑板的公式演算，我不敢說自己是頭點得最勤的，但至少眼睛散發的光芒，足以讓老師以為我們彼此心靈相通，只是一旦低下頭寫作業簿立刻短路。而我每次牽好看板的線，一插電，燈管就燒掉。老闆眉頭上的皺紋就像外婆被弄亂的毛線球，糾成一團。他一定很想拿起電線接通我的腦子吧。之後，這個部分不是他就是由他兒子負責。

回想起來，除了畫畫之外，我似乎再沒有其他能獨力完成的。國中時，連台霹靂車的模型都組不好，更別提飛狼了。

發明日曆的人，究竟是為了讓人感覺日子在過，還是在過日子？總之，在看板店工作很快地已經撕去二十張日曆了。我爸會留下日曆紙在後面計算大家樂的數字。日子有被書寫，感覺就沒白過。他數學很好，常算對數字，但總是選錯期。媽媽每當開獎時間就會往房間走，因為她無法預知後方何時會傳來拍桌聲，嚇到人。由於爸爸這樣熱中數學，也讓我感到十分慚愧，一直想畫漫畫，手上拿的卻不是筆。

我拿著塑膠刮刀將西德紙與波浪板之間的氣泡推擠出去，促使兩個不同元素結合一起，這樣的結合是有意義的，在它之下完成的看板，有限的矩形也好、圓形也好，都有著店家對未來的無限期待。至於我的期待，卻並非眼前的波浪板，只是個性畫地自限得幾近糜爛，一旦習慣了就不會試圖跨出去。小時候常在廟埕玩「紅綠燈」，每當雙手合十喊紅燈時，我並不祈求綠燈的同伴來救我，因為不用跑給鬼追反倒輕鬆，也可悠哉地看大家跑來跑去。

然而就在人生的這個當下，有個「綠燈」的同伴跑來碰觸我，喊了一聲「救」。

那是一通來自嘉義的電話，我的高職同學，在嘉義市「愛的世界」（童裝公司）上班，說在報紙上看到有個漫畫家在徵助手。全班都知道我想畫漫畫，不！應該是整個斗六家商廣告設計科都知道有個阮光民很想畫漫畫。於是，她給了我漫畫家的名字和工作室地址。我掛上電話，走到書櫃拿出一本寶島少年。賴有賢……賴有賢……有了！《小和尚》的作者。但老實說，看到圖時心有涼了一下，那不是我愛的寫實風格。

不過，紅燈的狀態也快一個月了。我隨手拿了兩張之前用沾水筆畫的圖，一張是三個人站著，並且畫有背景，另一張好像是人物設定之類的。寫上工作室地址、賴有賢先生收。一個禮拜後，我接到面試的電話。

從擋風玻璃望出去，前方是紅燈，發財車減速停在白線前，後視鏡上掛的佛珠和菩薩由不安的晃動中緩緩靜止。

當時紅燈還沒像現在這樣有秒數，我大約是過了十秒，才終於開口向老闆提離職，雖然在這之前已經醞釀了一個禮拜，離開對我而言，很難啟齒，尤其面對善待我的人，總有股背叛的罪惡感。

老闆馬如龍般的凸眼疑惑的看著我，回問我理由，我有些尷尬，娓娓說出想去台北畫漫畫的心情。

老闆抿著嘴若有所思，好一會兒，換成陳松勇的聲線說：

「你說的漫畫是報紙那種政治和四格的嗎？」

「不是，是你兒子看的什麼快報那種。」

「諸葛四郎那種嗎？」老闆進一步確認。

「對！就是那種，連環漫畫那種。」

「喔！」

那句「喔」讓我知道他理解了。

「好啊，你去啊。對方有說什麼時候上班嗎？」

「我這周六才要上去面試。在中和那邊。」

老闆一聽，立刻瞪大眼睛看著我，「都還沒確定，你就提離職？萬一沒上怎麼辦？」

「可是覺得面試前應該先跟你提離職才對啊，萬一錄取再跟你說，不太好吧。」

老闆直定定地看著我，都讓我有點擔心他眼珠子要掉出來了。

綠燈。老闆鬆開離合器踩上油門，佛珠和菩薩再度搖搖晃晃，車窗沒關，車子追著風，呼呼的喘。

老闆伸手把收音機音量調小。

「阿民，萬一沒錄取，打電話給我，隨時可以再回來喔。」

嗯！謝謝頭家。

至今，我沒打過電話給頭家，也忘記他的名字了。

但，我會記得在我雙手合十喊紅燈的那段期間，他們一家人對我的照顧。

漫畫殿堂初體驗

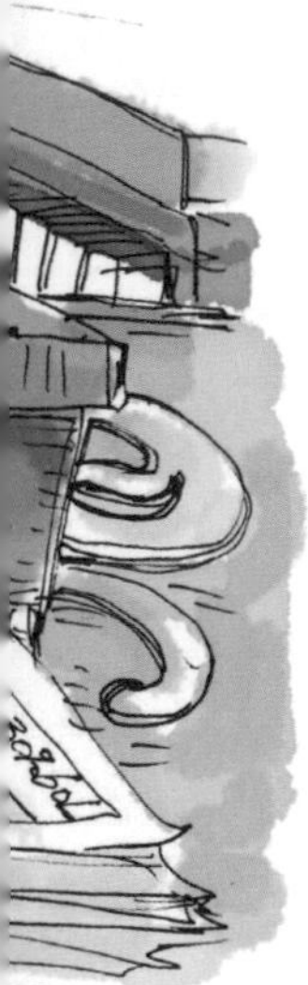

桌上除了一整排《小和尚》、《真命天子》外，還有三個可樂玻璃瓶，兩瓶裡頭已經裝滿用過的沾水筆尖。實在太酷了！這裝的可都是經驗的累積值吧。應該有幾支還沒有用爛的筆尖吧？如果我真到這裡工作，一定會倒出來再檢查看看，也許還能用……

我從抽屜拿出作品，大約六十幾頁的完稿。當時還沒買過網點（實在很貴），所以灰階的部分就用淡墨或是牙刷沾墨再用手指撥落，或者用毛筆畫在紗布上壓印在稿子。「面試準備這些應該夠了吧？」以前工作面試我好像都沒準備，就是人直接去，去做看板因為是學姊認識的，直接就被錄用。等當兵期間到一家日商超市工作，頂多也是到書局買來一張手寫履歷卡，填完後便騎摩托車去面試了。

面試那天，我爸發動車子熱車，又打開引擎蓋再次檢查，接著再看看輪胎……他有個小習慣，就是當認真於某件事時，會伸出舌頭在上嘴唇滑來滑去，像雨刷一樣。我在一旁常常心裡幫他配上雨刷的效果音。這些認真的舉止，看在我眼中是帥的，是硬漢的樣子，是爸爸的樣子。我不可能像他這樣，因為實在很排斥了解機械跟車之類的。我曾在書櫃看到一些機械維修的工具書，才聽媽媽說，爸爸以前在清泉崗當兵，負責飛機維修，而原本他想報考空軍駕駛，不料卻遭阿嬤反對。也許正是因為他的人生常被長輩左右，所以除了傷天害理的事，我爸從來不反對小孩從事什麼工作。我媽更不會反對，基本上她是超級的好人，不過好人總是命運多舛，基本上只要小孩身體健康、不惹麻煩，她就欣慰了。

爸媽想陪我去找賴有賢老師面試，一來因為民國八十六年尚未有捷運，他們擔心我隻身前往台北會找不到路，雖然我是覺得路在嘴上，用問的總會到達；不過，另一方面他們也好奇所謂的漫畫家和漫畫工作室，究竟是什麼樣子，至少有個底可以臆測我工作的情景。

中和保健路，說它是路，不如說它是條大一點的巷子。車子難進去，我爸把車停在中和路的路邊。我們沿著手抄的住址走入保健路。爸爸習慣走前頭探路看門牌，我和媽媽跟在後頭走。兩旁是麵店，早餐店，傳統菜市場，髮廊，水電，鹹酥雞攤，中醫，雜貨店以及頂好。和以前生活的地方氣味相像，讓我覺得安心。爸媽似乎也滿意，說起這裡吃飯很方便、買菜自己煮也方便之類的話。爸媽總是擔心小孩沒得吃，明明我已經退伍是個大人了。

那是一幢傳統公寓，上了四樓，伴隨鐵門打開的聲音是馬爾濟斯的吠叫，門後是前陽台，只見堆了一些壞掉的桌椅，拉開紗門，小狗邊吠邊往後退，像在讓我們往前看清楚漫畫工作室的布置。進門右方有三張桌椅，左邊兩張，再裡面一點還有兩張。木桌有抽屜，上頭放著的都是漫畫會用到的工具。不管桌上或書架，放眼望去都是滿滿的漫畫書。正對著門有個層架，上面供奉一張我也看不懂的符咒，線香裊裊，下頭則是台影印機。屋子裡有三間房間，左牆邊有個門進去是廚房與後陽台。小狗又叫了起來，好像在制止我們的東張西望。

「東東！」有個聲音從書架後傳來，小狗立刻跑了過去，然後纏著一個長髮及肩、戴著髮箍的男人走出來。賴有賢，是個帥哥，而且是有氣場那種。形式上的寒暄後，我們面對面坐著，他看著我帶來的稿子，而我在看他的桌子，桌上除了一整排《小和尚》、《真命天子》外，還有三個可樂玻璃瓶，兩瓶裡頭已經裝滿用過的沾水筆尖。實在太酷了！我那年代還沒流行「屌」這個字，頂多會說「炫」。這裝的可都是經驗的累積值吧。應該有幾支還沒有用爛的筆尖吧？如果我真到這兒工作，一定會倒出來再檢查看看，也許還能用……

「好了！那我跟你說一下助手的薪資，」賴有賢把我拉回面試現場。「助手的起薪是一萬四。如果表現好我會逐月加一千。這裡有個助手已經有兩萬二了。」

爸媽的視線不約而同望向我。他們交給我決定。我幾乎一口就答應了。

「好！那下個月一日開始上班。」

賴有賢起身送我們到門口。小狗叫聲中，我關上鐵門。

車子行進在黃昏的南下高速公路。爸媽從賴有賢的外表、談吐，一路接到現實的薪水問題。

這樣的薪水要如何在台北生活。媽媽說，也許我可以先住在三舅公家。三舅公住在廈門街，只要過個中正橋，就可以到中和我上班的工作室，人生地不熟也有個照應，每月只要補貼個兩千給三舅公，總比租屋便宜。

我其實也沒太多想法，加上一向隨遇而安或是面對了再說的個性，反正看著辦吧。窗外掠過的風景像時間打節拍，媽媽再度開口卻沒在節拍上。

「一萬四實在很難生活吃飯，何況還有機車油錢……之前做看板還有一萬五，而且又住家裡。你要不要再想想？」媽媽還是擔心吃飯的問題。

「讓他試試看吧。試過才知道適不適合、有沒有辦法適應。」爸接著媽說。

「做個幾個月，覺得不是他想像的，回台中還有看板可以做，或者再試試其他行業。反正離一號上班還有一個禮拜，可以再考慮。」

下個月一號。我這才意識到，靠夭！下個月一號是四月一日耶！

民國八十六年四月一日，我正式成為賴有賢工作室的一員。

我的位置被安排在廚房門口，面牆，牆上貼了一些漫畫海報，以及影印的流線構成樣式，樹、山、石頭等等大自然的畫法；桌上有木製的透寫台、透明膠台、軟G的沾水筆、製圖墨水、塗黑用的毛筆，和一座綠色夾式檯燈。桌子左邊的層架，上頭除了漫畫書，還有各種型態的網點紙、雲形版、圈圈版、直尺、美工刀，以及印有東立出版社的原稿紙。坐在椅子上有種專業的虛榮感，光想到我可以使用這些以前不捨得買的工具，就覺得好棒棒。

畫漫畫有趣的就是它只需一個小小的範圍，一些工具，這個範圍這些工具就能構築出很多人與世界。

宛如鴿舍的所在

他會細數以前曾帶我去過的遊樂園，我玩過哪些遊樂設施。我能回應他的都是片段，無法湊成劇情，劇情不連貫就很難產生情感。我猜人會變得逐漸生疏也是因為這樣。

舅公的家在廈門街一道小巷弄裡，一間日式木造建築。巷子窄，頂多兩台機車並排的寬度，所以舅公的老偉士牌都停在巷弄之外。屋子坪數不大，有個小閣樓，也是睡覺的地方。

舅公是個身高一八〇的「艕腳」大漢，不管進門、上廁所、進廚房都必須低著頭過門檻，像穿梭在公園大象溜滑梯下面的洞一樣。但，走著，彎著，加上歲月壓著，身子逐漸駝了。

儘管舅公和妗婆要我當作自己家，不過我還是很拘謹，畢竟從小到大沒見過幾次面，何況兒時記憶除了傷心、難過、痛苦的，其他大都像無根浮萍。不過大人是清楚的，他會細數以前曾帶我去過的遊樂園，我玩過哪些遊樂設施。我能回應他的都是片段，無法湊成劇情，劇情不連貫就很難產生情感。

我猜人會變得逐漸生疏也是因為這樣。

相形之下，白天的工作室儘管也是陌生環境，卻輕鬆了一些，我不必像在舅公家，坐在客廳一邊面對開著的電視，一邊心裡還要想話題；愁的還有室內空間有限，很難有個畫畫的地方，加上舅公的孫子也需要桌子寫作業、堆玩具，實在難以啟齒說我想畫畫。所以有時下班會在工作室留晚一些，或騎車多繞繞廈門街附近巷弄幾圈，直到路燈照出影子再回舅公家。不過，這其實要怪自己個性彆扭。

記得客廳側邊有個斜度滿陡的木梯，往上通往睡覺的閣樓，上到閣樓可以選擇躬著身子行走或是爬行。我都是用四肢爬行。我的床位在最裡層。床位與床位之間，妗婆用舊床單作為隔間，夜晚電燈泡的光會將大家的身影映在床單上，有時坐起，有時翻身，就像皮影戲。我習慣左邊側睡，視角面牆，膝蓋位置是閣樓的小窗。四月天還不算悶熱，但為了讓閣樓空氣流通，偶爾會開窗，於是閣樓宛如是座咕咕鐘，開窗的我像那隻咕咕鳥。

而某一次路燈熄滅，隔天天亮，我又飛到另一個鳥巢。

那兒，令我聯想到鴿舍。

對鴿舍的印象是國小四、五年級，當時距離阿公的雜貨店不到六十公尺，有家機車行養起了賽鴿，機車老闆手上的扳手換成早晨與傍晚揮舞的紅色旗子，身上的機油味變成鳥屎味。一個大籠子隔成九宮格，每個小籠子大約十隻左右的鴿子。他家的小孩和我常捉些小蟲或蚯蚓的想餵鴿子，不過鴿子似乎吃慣老闆給的好料，一副去騙騙小雞和青蛙還行的樣子，看也不看一眼。其實我那時候還分不清楚鴿子與斑鳩，只覺得鴿子脖子上的顏色很鮮豔，像雨天停在路邊的車子，離開後在積水上留下的彩虹油漬，而辨別鴿子與斑鳩的方式，除了籠子內外，就是鴿子腳上會繞一圈類似標籤的塑膠環。看武俠劇常有飛鴿傳書的橋段，曾經也想養一隻鴿子來炫耀，不過我的鳥籠裡是十姊妹，門打開，牠們飛出去就再也沒有回來了，妹妹為這件事哭了，我則被大人罵笨。但眼前的鴿子從事的也並非傳送訊息這麼有意義的工作，牠們只是被給了個編號的鳥，飛了一大段距離，日曬雨淋的，要死不活的，就只為了人類的賭局。斑鳩似乎也好不到哪裡去，自由歸自由，人類不會期待牠成為比賽選手，不過常成為盤中飧。

要是那天下班沒去四號公園晃，就不會發現租屋公布欄，就沒看到景新街有雅房出租，我也就可能沒那麼快搬離舅公家。但我抄下了電話號碼，並且回到工作室用那台結合傳真功能的電話，打給房東約時間看房。

那是四樓公寓的頂樓加蓋，在南部，通常用來晾衣服或是整理給神明住；在北部則是房東用來增加收入。房東是個瘦小的歐吉桑，說起話來精神奕奕，邊爬樓梯邊問了一些類似身家調查的問題，臉不紅氣不喘，丹田有力。我猜他應該是做市場生意的吧。爬上五樓，轉角處的椅子上有個舊式桌上型的投幣式電話。往前中間是走道，左右兩排雅房，各五間，隔間用三分美耐板。是的！我再度聯想到鴿舍。走道底端有個畸零地的大陽台，幾盆枯掉的植物，三間公用浴室，一個大洗手台，我猜那是洗衣服的地方，因為有洗衣粉，底下還有水桶泡著牛仔褲，水面泛著泥土的白濁，想必其中有一間住做土水的工人。

房東導覽一下環境，隨後領我走進右邊的第二間房。約五坪的正方格局，一張木頭抽屜書桌搭配流水席上常見的那種板凳，一架達新牌拉鍊衣櫥，一頂單人床，一個矮櫃上面放一台十四吋電視機。很陽春很簡單，跟北上工作的我一樣。「一個月三千五包水電，你有要裝冷氣嗎？有的話，我請人來裝獨立電表。」沒有。我回應，真心想說的是，也沒錢裝。那時極度想要有個自己的空間，於是當面就遞交兩個月的押金和第一個月的房租。房東有被我的舉止驚訝到，很少人一看房立刻租用的吧。他瞇起眼微笑的說，「那間還沒人住，如果覺得桌椅不好，你可以到那個房間替換」。接著數完鈔票放進左邊口袋，右手從口袋拿出兩把鑰匙交給我。讓我聯想到投幣進去從下方拿出飲料的機器。「長的這支是樓下鐵門，進出要隨手關門，另一支是房間。」交代完走到樓梯又像想起什麼，回頭說，「如果熱，也可以把對面那間的電風扇拿去吹。」我道了聲謝。

「舅公，我找到住的地方了。在工作室附近，走路就會到。」

「喔！這麼快就找到。光民，我有讓你覺得我跟妗婆在趕你嗎？」舅公輕柔的問我。

人腦構造其實很像豬肉攤的粉腸，曲曲折折的，因為這樣，世上許多單純的事，人就是會萌生超複雜的想法。舅公的話讓我頓時千回百轉，生怕一回答不好，原本沒感覺被趕卻變成感到被趕、搬出去對大家都好卻硬生生像我違背了他們的愛護之情。

「舅公你不要多想，我這樣上下班比較方便，也省油錢。」

我吞下飯後回答。感謝剛才口中那坨飯，讓我腦子爭取到組合字句的時間。

幫妗婆洗完碗，我上閣樓收拾行李，然後提著皮箱走出那條窄巷。

「有空回來吃吃飯。」

「好啊。」

我清楚自己回答了一句現實中不太可能做到的應酬話。

雙腿夾著踏腳板上的皮箱，很難轉頭和舅公一家道別示意，不清楚他們是否猶在背後目送，但他們一定清楚我並沒有回頭。

重回一個地方需要一個理由或誘因，我再也沒去找過舅公。多年後，應該是離開工作室在上班了吧，在捷運月台遠遠看見舅公和他孫子，年輕人個子快和舅公一樣高了。我沒有走過去打招呼。我想避開回答。他會問我怎麼都沒去看看他。

到了租屋處，一時懶得整理，打開窗戶想看看這裡晚上的樣子。跨出窗外，只見小走道上堆著破舊家具，電視天線纏繞其間，幾根傾斜的竿子像在打毛線的樣子。些許溫暖。有了一個自己的房間，讓我感到安定。拿起向國中同學買的手機打電話回家，報告搬好家並寒暄幾句便掛上，因為那時手機通話費很貴，簡訊也是。

躺在床上，聽到隔壁第一間傳來一對男女對話。聲音有點年紀，搞不清是夫妻還是同居，正在談論計程車保養的事；另一邊隔壁住的確定是個女人，因為剛剛在窗外的小走道有看見她還沒收進屋的內衣褲，按照款式看起來應該還年輕，她正在聽廣播，音量開得滿大聲，是ＡＭ的台語歌唱節目。

後來的某天晚上十一點多了，還聽她在用卡式錄音帶錄自己的歌聲，唱了幾句，不滿意又再重唱。她聲音很有穿透力，不過有夠難聽，對我而言，並不會感到吵，反而覺得她認真得滿搞笑。弟弟小時候曾赤腳認真的想踩死地上一隻垂死的蜜蜂，嘴裡一邊喊著：「乎汝死！乎汝死！」結果蜜蜂死前狠狠螫了他的腳底，而他哭得越大聲，我笑得越用力。勇者在演搞笑片。那位女生也是，不管重唱幾次都不可能唱好的。

就在我悶著笑得喘不過氣時，突然察覺對面第三間有人走出來，幾乎同時聽到一句五個字的國罵，緊接著是吸一口氣後的大吼，「肖查某，這麼晚了吵啥洨！妳以為別人明天都不用上班嗎！」四周嘎地靜默了下來，彷彿電線插頭突然被拔掉。原以為一切就這樣歸於平靜，不料唱歌的女生也開門了！

「你一定要罵髒話嗎！很沒水準耶！」男的立刻回嗆，「這麼晚人家要睡覺，妳這樣唱歌就很有水準嗎？幹！唱得又難聽！」

我沒有勇氣開門看熱鬧，只當像聽電台廣播劇，想像著他們的動作、表情，開始期待未來的日子會不會有續集。

喀！女孩關上門，我猜男的那句「唱得又難聽」顯然刺穿了她的心臟，甚至卡在肋骨了，她得撤退療傷才行。

原來，鴿舍這麼有趣。

原稿的紙邊

每當畫到一邊動手一邊可以進行其他思考時，偶爾閃過一些故事念頭，我就會把點子寫在稿紙的空白處，下班時便用美工刀裁下來帶回租屋處。新人獎的作品，就是這些紙邊拼湊組合起來的。

一旦開始習慣走一條路就會不假思索地走，腦子騰出空間想事情，或是放空的看著地勢變化，從旁而過的、迎面而來的各式步伐，以及四周的小變化。當意識到正在走這條路時，大概已經走了快一半路程了。

上下班我都走同一條小路，早上是傳統市場，擠滿雜貨店、豬肉攤、魚販、菜販。魚販生意是好的，除了婆媽外，還圍著一堆阿伯。賣家是個美女人妻，她坐在矮凳上刮著魚鱗，魚鱗沾黏在袖套上閃閃發光，有如小時候看的歌廳秀，明星身上的秀服。旁邊的阿桑級賣家頓時成為陪襯。主筆跟助手的關係也類似這樣。主筆需要藉由助手堆砌幫襯，助手則需要主筆在舞台上的光。說到光，下班後的小路，就剩幾家小吃攤和幾間還亮著燈的水電行，這樣的行業多半開在一樓，走過去一眼就看到裡頭一家人端著碗，或坐或站，邊吃邊看電視，也不確定他們是否在休息還是仍做著生意。再往前一點是賣童裝的，店家門口懸掛著成套衣服，背著路燈的光，像是一群小孩被吊掛在上面，風一吹還晃呀晃，我就曾經被驚嚇過一次。

藉著走路四處移動視線，除了為觀察外，另一個原因是活動一整天盯著透寫台畫畫的眼睛。光線有種魔力，會把視線固定在一個地方，當然眼睛會循著畫畫的軌跡走，卻無法離開那個約A3大的透寫台玻璃，所以從早到晚待在透寫台這座島，即使離開後都感到眼珠子是呆滯的，偶爾還有沾水筆的殘影。沾水筆尖有很多種，初學者，包括以前的我，都以為各種筆尖是因應各種筆法或呈現不同筆觸而存在，一如雕刻師傅攤開一整排雕刻刀，或是法師收妖攤開一整卷法器……直到練習一個階段後才發現，左右畫面大都靠的是手感與手勁，筆尖影響的差異，其實不多。賴老師習慣用的沾水筆尖是斑馬牌的軟G，有個「G」字浮雕在筆頭，凹進去的則是硬G。一個筆尖大概畫過八至十頁稿子就差不多鈍了，必須替換，我大都還是會留下來，用來畫些例如大自然的背景，或是將筆尖轉側或轉背面，可以畫出較細的線。

助手的工作，就是畫主筆不想畫的或是懶得畫的，那個時候，台灣的助手一般承襲日本的師徒制。在日本，有些職業助手並沒有出道的意圖，他們的工作室承接很多主筆給的稿子，也為對方解決了長期養助手的壓力。不過，這在台灣是不可能的，它成不了一種行業。

漫畫工作室一開始都會由老鳥帶領，從流程介紹到手上工夫。他會給你一疊畫壞或有切割過的漫畫原稿紙做練習，從沾墨到稿紙上運筆。他會拿老師的漫畫給新手看，指出老師慣用的對話框與流線（速度線、效果線），和背景的大致風格。我覺得風格是歸類在靈魂的層面，助手得先把自我藏起來，才能分析、解讀主筆所呈現的靈魂，畫的時候則要介於臨摹又適時加入自己微小的思維之間。回想起來，當了助手最大的差別，就是除了逐漸了解流程運作，看漫畫的角度也完全不同了，以前是迷戀畫技、看劇情精彩與否，之後是學著分析作者營造這些的方法。

和我同期進入工作室的，有個來自台中潭子的大個子，高而略胖，四月天還不太熱，他就已經流著七八月時節的汗。他就坐在我旁邊，偶爾我們邊畫邊聊天，聊些漫畫夢，中午一起下樓吃飯。他也是剛退伍，我們各自畫著風景照。最有印象的一次，是我們騎機車幫老師送稿到大理街的中國時報，那天下著大雨，當時完稿都是手工，墨線遇到水鐵定暈開，我用兩個收納袋左邊包一次，右邊包一次。大個子騎車，我抱著稿子在後座。五點前要送到，路不熟的確讓我跟大個都擔心，但最怕的還是雨水穿過塑膠袋，再鑽進裝稿子的黑色收納袋裡，於是我把袋子塞進衣服內層，直接貼著肉身，外頭再覆上雨衣。

雨，並非故意朝著我身上打，而是因為我正在前進。人總愛把一切以自己的觀點套用上感性與浪漫。風會影響雨的方向，但騎車是自己去衝撞雨。騎車到了華江橋，除了迎面的雨，還有一旁疾駛而過的車濺出的積水，搞得我們簡直像在秀姑巒溪裡泛舟。但風雨不見得生信心，卻絕對可以生出「襯採啦！豁出去了啦！」的情緒，終於到達目的地。這時候，雨衣已經是雙濕牌，外面濕，裡頭包裹著也被悶濕了，腳上更是積了一鞋子的水。等整裝完畢，我小心翼翼拉開收納袋子拉鍊。原稿邊緣滲水！我和大個子可嚇慘了，腦子閃過吶喊：我都用肉身和塑膠袋包成這樣了，怎麼還可能進水！連忙拿出原稿。幸好，只有邊緣略微潮濕。老一輩人常說冬天的風是扁的，不過，我猜冬天的風見到雨的話，也會拱手作揖。回程，我和大個子心情無比癱軟放鬆，猶如炸彈爆炸前一秒被剪斷了引信。雨勢轉小，不用穿雨衣。沿著原路經華中橋，時間充裕可以看看細雨中的台北，空氣少了灰塵，房子也乾淨得像清洗過的積木。大個子很得意完成了交稿任務。但，這也是他最後一次任務。隔周的星期三，老師向他說不好意思，助手名額必須二選一。

送稿的前幾天，老鳥選了兩張照片影印稿，我分到中國古代建築，大個子的是歐洲街景。畫背景並非傻傻照著畫，必須考慮漫畫的時代設定與故事劇情需要，有所取捨、描繪，影印來的旅遊照都是現代，所以不合時宜的標語號誌都必須避掉，否則會如大陸古裝劇主角袖子裡露出手錶一樣糗。有些影印稿看不出的部分或是樹太多，助手需要適當的幫畫面架出場景，這部分是有趣的，有成就感的。過程中，老鳥會過來查看，但不太會提出建議，也許是在測試新手原有的技法，也可能讓我們出錯，出錯後的提點總是印象深刻。約莫三天後的中午，我們將完成的背景圖交老師檢查，內心難免有些緊張，因為審查的項目頗為詳細，包括G筆的運用，塗黑有沒有均勻，網點的運用是否有網花，刮網後的邊緣是否處理乾淨，網點紙邊緣是否用美工刀壓平了。社會就是這樣，我們選擇別人，別人也在選擇我們。

當然也並非一張定輸贏，之前完成的背景圖或是幫忙完稿的稿子，老師都會默默再觀察。但，大個子總之必須離開工作室。我打算中午邀請他吃個飯。不料，一到中午，他已經打包好東西，跟大家道別。他向我道賀，說他下午要去處理退租的事，傍晚就回台中，未來準備接下家業。他笑笑的說，也許因為他試過了。我心想，如果我們進入工作室的時間錯開久一點，也許明天早上他還會坐在我左手邊，也許月底我和他還會一樣騎著車經華中橋去交稿，也許，那天晴空萬里。

我多少懷著愧疚感坐回透寫台前畫畫，不過工作室的一切都沒變，廣播播著于美人跟侯昌明主持的節目；老師畫草稿分鏡；另一個助手黃俊維（退伍後轉到賴有賢這兒當助手）正刷刷的在刮網點；前輩交付我完稿的稿子數量……

工作不趕時，我會切換畫背景圖。背景圖完稿紙除了主圖外，通常都有些空白的地方。每當畫到一邊動手一邊可以進行其他思考時，偶爾閃過一些故事念頭，我就會把點子寫在稿紙的空白處，下班時便用美工刀裁下來帶回租屋處。

一年後，我得到長鴻新人獎的作品，就是這些紙邊拼湊組合起來的。

新人獎

當時我的畫技根本是邊緣人，而且還是被邊緣人排擠的那種。所以，我得思考雖然畫技邊緣但個性還算討喜的故事。我愛池上遼一的畫技，也愛抓狂一族的搞笑（只恨太晚認識《稻中桌球社》），綜合這兩種元素的表演應該還不錯吧。

心裡一直潛藏一個問題：如果有個人當了六年漫畫家助手，還算不算漫畫新人？或者他已經參加過十次新人獎比賽了，還能再參加嗎？一邊貼網點，偶爾會想到這讓我苦惱的問題，然後焦慮著是否要快點準備作品參賽，但還是盤算著下班後要用最快的腳步回住處，途中只在樓下市場買個二十元的白飯，一個魯肉罐頭就回家。雖然當時有「頂好」，但我不想浪費時間繞走道，再說一開始沒確定要買什麼，進去超市會亂了陣腳，當我衡量要買魯肉罐頭還是鯖魚罐頭，又看見其他罐頭在呼喚，鐵定時間會整個癱瘓在那裡。

何況還有最後關卡——和婆婆阿姨媽媽們排隊等結帳。不趕時間，我倒還是喜歡觀察或偷聽他們的談話，偶爾甚至和他們聊上幾句。不過，我是要參加新人獎的人耶！要畫三十二頁耶！怎麼可以這樣！即使有個收銀員妹妹長得不錯，為了趕明年新人獎比賽，也只好犧牲這個福利了。

民國八十七年網路還沒普及，漫畫發表平台除了漫畫雜誌，就只有報紙媒體。不過報紙媒體不會辦漫畫比賽，新人要出道，除非漫畫家舉薦助手給出版社，否則就靠比賽得獎引起注意了。在賴有賢老師這裡工作的好處是，他能讓助手準時上下班並且周休二日。他的時間管理至今仍讓我非常欽佩。

人常說新人就是有無限可能。但，也可能試了更清楚自己的不能。我下定決心，如果兩年內沒得獎就放棄。興趣變成生計並沒有更好。我會懷疑自己，懷疑長年來的興趣是為了什麼，甚至開始厭惡這樣的興趣。換個角度想想，興趣也是受害者。當助手時，我確實對得獎充滿企圖心，對自己、對家人、對知悉我從事漫畫助手的朋友們，我想向他們證明些什麼。

事實上，別人並沒有想這麼多，大家都有各自的生活要努力。

租屋的桌上有我在工作室書架上借來的歷屆出版社得獎作品。分析得獎作品多少對參賽者有幫助。關於新人獎一事，我只跟賴老師提一下，不想打擾到他。心裡多少有點害羞讓他看我的作品，也擔心被點出哪裡不好時信心會受挫。當然有老師指導是最好的，只是第一次比賽，想測試自己的能耐。比賽畫技是關鍵，故事說得順也是關鍵。不過翻完所有得獎作品後的心得是，那年代，畫技淩駕一切。

如同面試，如同交男女朋友，長相好看，就有興趣進一步了解。可是當時我的畫技根本是邊緣人，而且還是被邊緣人排擠的那種。所以，我得思考雖然畫技邊緣但個性還算討喜的故事。我愛池上遼一的畫技，也愛抓狂一族的搞笑（只恨太晚認識《稻中桌球社》），綜合這兩種元素的表演應該還不錯吧。我心裡這麼想。當助手有個好處，除了學老師分鏡，也可以看很多漫畫學表演技巧，還有練就貼網、刮網貼的技能。疊網疊不好就會有網花；刮網後最好是用吹的或用毛刷輕刷，手撥容易髒；底層也要清得很乾淨，否則就會有壓痕，印刷時會有黑線。我最高紀錄是貼了四層網點。現在回想起來，也不知道當時有什麼好得意的。

新人獎漫畫比賽都有頁數限制，印象中大都是二十四頁或三十二頁。在這之前我一畫往往超過這些頁數的稿子，幾次比賽下來，終於體認到畫很多頁不是關鍵，關鍵在於規定頁數內故事的節奏說得好不好。我常會因為加入太多不必要的演出，反而影響了要說的。

之後，我在紙上畫了一條線段，線段上畫了三十二個刻度代表頁數。將刻度分成起承轉合四段，再細分每頁要畫些什麼。漫畫是這樣，作者可以去切割劇情裡的人生，規定何時出場何時領便當，何時愛上何時失戀，何時成功何時落魄。這種操縱劇情的得意，多少彌補現實人生的意外變動。也許得獎，也許沒得，也都沒關係了，至少這一年有留下作品。把稿子覆蓋上描圖紙，寫上台詞，一張一張按照頁數順序裝進Ａ３透明塑膠膜資料夾時，我是這樣對自己說的。每一頁漫畫都能勾起畫它時的記憶，算是我跟作品之間的相簿，是我和它們一段旅程的紀念照。只是我不會出現在相片中，我是拿相機的那個人，將畫面用筆刻在紙上。

不過，話說把稿子裝進資料夾這過程，有時也會讓人生氣、沮喪，一種情況是裝錯頁數，一種是裝完後發現頁跟頁之間多出了透明塑膠膜，於是又要抽出來重新裝。順利的話，才感覺欣慰和感動。

最後，再次確認填好報名資料，貼在末頁。助手的第一年我留下紀念了。打開用漫畫稿覆蓋的碗公，扒起碗公裡吃剩的白飯加滷肉，忍不住又一邊伸手翻著明天即將寄出去的資料夾。

得獎，燈下幾秒鐘

我算是一開始就嘗到甜頭的了，於是就照直覺往那個方向走。想像著這條路應該是對的，前方還會有甜的在等著。不過很多陷阱不都是這樣。

印象中沒上台領過獎，打從念書開始，頂多幼稚園時上台領畢業證書，不過也已經不復記憶了。任何獎項對我都是遙遠的，即使考試拿到獎狀，還是被我摺成紙船，船上擺幾隻小青蛙或蚯蚓之類的放進大水溝，目送牠們漂走。現在想想自己還真的很殘忍，忘記釣青蛙都是用蚯蚓，蚯蚓根本是青蛙的食物啊！怎麼會把牠們放在同一艘「船」上！

工作室裡，我的座位換到了門口，靠近電話傳真機的旁邊。老師接了漫畫工會理事長一職，助手除了原本的工作外，多少要兼著做工會事務，譬如幫忙聯絡漫畫家以及整理資料，想當初我可是手握全台灣漫畫家聯絡資料的人啊。

就是很平常的一個下午，我如常的畫背景，完稿，在原稿上覆蓋描圖紙寫台詞，忽然電話響起。

對方自稱是長鴻出版社，「請問是阮光民先生嗎？」是，我是！回答的同時我意識到，來了！來了！是通知比賽結果的。

「恭喜你獲得長鴻第一屆新人獎的佳作！我們頒獎典禮預計在國際書展時舉行。謝謝！」

掛上電話，我努力著讓自己平靜地跟老師說，老師，我得到新人獎佳作了耶。老師停下筆轉過頭來說，不錯啊！幾百件作品裡能得到獎項已經很好了。經他這麼一說，才覺得自己好像滿不錯的。不過也表示有一百多個人失望，啊！其中會不會有一個是之前離開的那位同事。腦子打開一個抽屜，就又再打開另一個抽屜。腦子有幾千萬個抽屜，總是開了一個就接著打開另一個。

這個抽屜裡出現的是：幸好那時候有耐著性子把稿子裝到資料夾用油性牛皮紙包好到郵局寄出去。可是，換成落選，還會不會這樣想呢？或許覺得做白工了也說不定。當兵期間的那次就是這樣，落選早在意料中，因為在軍中別說網點紙，要弄一支沾水筆都難。那個下午，腦子裡的抽屜就這樣開開闔闔。

與其說很興奮，倒像是稍稍長出了些自信。自信和自負的差別就在於，自負是自以為是的，自信則需要別人的認同，而眼前這份自信不是來自親友或朋友的稱讚，是一家漫畫出版社請來的評審給予的認同。

當上助手是認同，老師每個月加薪是認同，得到佳作也是認同。回想以前，會一直畫到現在，應該都是長輩的稱讚，不見得是我畫得有多好，是相較於其他課業的表現上要好一些。

下班的晚上，按捺不住打了電話回家和媽媽說，媽媽在電話另一頭淡定的說，很好啊。

我必須說我的家人情緒一向平淡，很少有快樂大叫那樣的情景，如果有，一定會被說，你是「著猴喔」。之所以會形成這樣的氛圍，我想也是因為家族一直籠罩在負債的愁雲慘霧當中使然。如同濃霧中的路燈，比起其他路燈並沒有比較不亮，只是被霧氣稀釋了。我家便是如此。

會有頒獎典禮嗎？媽媽問我。

會啊，不過你們不用刻意上來啦，省油錢。

其實，我想說的是我會不好意思，他們到場支持我會覺得很害羞，即使現在都還會。

掛上電話後，開了電視，回想著下午得知拿獎的那一刻，似乎感覺也沒什麼了，這句「沒什麼」並非含有任何驕傲或是看輕的意思，而是感覺得獎很像走路經過感應式的燈，經過時被光投射一下子，旁人好奇地看到了你，幾秒鐘過後燈熄了，還是回歸平常的路了。

台灣畫漫畫的人很多吧，一年中如果有三家出版社辦新人獎，表示至少有三盞感應燈。反正出版社之間也沒規定參加了這家就不許投那家，那如果我準備三篇不同作品就可以投三家了。

想想就熱血的起身坐到桌前，開始規劃要畫哪三篇故事。然後腦子抽屜又打開，裡頭寫的是，今天得獎耶，休息啦～

好啦～好啦～說不過你。休息啦～

我躺在床上糜爛的看了一晚的電視。

頒獎典禮的舞台，如果我沒記錯是在長鴻出版社自家的攤位那兒，畢竟是快二十年前的事了。早些年，典禮之前，得獎者都已經知道自己得到哪個獎項，會依序入座。不過隔年的大然新人獎是例外，故意搞神祕，採取現場公布名次。頒獎典禮過程我已經斷片了，我應該有上台，應該有拿一張獎狀。我記得的是典禮前，長鴻總編輯陳德立先生辦了一桌請得獎者吃飯，席間希望我可以再畫一個三十二頁短篇放在他們家的雜誌上。出乎意料像是古代功夫的點穴，一時之間全身機能無法運作，雖然腦筋清楚收到資訊，可是就是無法做出反應。好……好啊！過了十秒吧。我終於答話了。我猜我為何會忘記頒獎過程了，因為這個刺激遠遠大過於上台，接過獎項，握手拍照了。

那是我第一次上報紙，《中時》的版面報導新人得獎的新聞上頭有我畫的圖。我爸當時就算沒拿給人看，也會擺在柑仔店的顯眼處讓光顧的客人自發的看見。鄉下就是這樣啊。一個小的、新鮮的、不怎麼樣的訊息都能激起漣漪，而且漣漪打到岸邊又再回彈，所以光得佳作這件事就可以在鄉間口耳相傳一個月左右。

我印象深刻的是一個晚上吧，在台中家，爸媽拿著新人獎作品集看著。其實我媽除了四格漫畫外，連環的她不會看，她不知道從哪一格開始。但他們看這本作品集的表情比看我的成績單時和藹多了，眉頭不皺，看不懂內容，嘴角仍是上揚。

我算是一開始就嘗到甜頭的了，於是就照直覺往那個方向走。會想像這條路應該是對的，前方還會有甜的在等著。不過很多陷阱不都是這樣，我補捉斑鳩就是撒米一路撒到雞籠下，等牠入籠，再用迅雷不及掩耳的速度拉倒支撐的木棍讓雞籠覆蓋上。但是每次抓到的都是曾祖母養的雞。

隔年，頒獎人口中唸出首獎的得獎人，我正拿著相機拍照，因為這場是通知入圍者都到，現場公布名次，前面已經搬完佳作和第三名了。我會拿相機是因為這場頒獎典禮難得有明星，許傑輝當時扮成 Yomng Guns 的袁建平主持典禮，那時Cosplay完全不盛行，不小心還淪為被取笑的對象。看得出許傑輝拚了命在炒熱氣氛，但是看得出觀眾們不是太買帳，我心裡替他擔心與尷尬。另一位明星何潤東在後包廂那兒等著頒獎給首獎得獎人。是的！我沒聽錯，首獎的名字是我的名字，我眼睛盯著投影幕上的畫，再次確認是我的作品沒錯。自己的圖在不同的地方出現時，多少會有生疏與不確認感，像我們播放自己說話的錄音，會覺得那是另一個人。我手上的拍立得一時之間不知該往哪放，隨行的友人接了過去，催促我快上舞台。

上台、握手、接過獎座、合照、再次握手、所有得獎者合照。啪！啪！啪！閃光燈此起彼落的閃。

喂～我得獎了。我再次打電話回家。

喔！好啊！恭喜喔！一樣淡定的回應。

妳問光民上次帶上去的滷肉吃完了沒，問他何時回來再煮。我爸在廚房吆喝我媽問我。

有啦，我有聽到了。我要回去再打電話。因為之後出版社那邊有些事還要確認。

得獎喜悅沒太久，月底了，還有稿子等著貼網刮網完成，另一個助手蔡南昇走過來分攤我手邊的稿子順便喇賽一下，當時黃俊維還是另一個漫畫家的助手，所以還不熟稔，他總是憂鬱的做事，經常我們下班了，他晚上還在做稿。

南昇問說晚上要不要去我家牛排慶祝，約毒菇修。毒菇修那時已經是《自由時報》的專欄漫畫家了，常會去賴有賢工作室那裡混。

好啊！要挑戰吃一整輪，那時我家牛排一百五十元就可以吃到撐死中場還可以休息一下再戰，是助手時期的歡樂食堂。

三個人去的路上總是嘻嘻哈哈的說些無營養的低級笑話。笑聲在晚上安靜的巷弄總是特別響亮，僅次於狗吠聲。

經過幾戶住家，門前的感應燈就會亮起。偶爾我會搭配個靜止動作，喊著：是誰！出來！或是人不是我殺的！類似這種無營養的哏。笑完，繼續走。

得獎是這樣的，感應式的燈照了你一下，大家看了一下，你低頭確認一下腳下和抬頭看一下前方是不是你要走的路。笑一笑，繼續走。

周末的二輪電影

不是，漫畫似乎更厲害。它既沒聲音，也沒光線刺激，更不用把一群人關在暗黑的房間裡，但手捧漫畫的人同樣被催眠著，一頁頁往下翻，被無聲的分鏡和故事左右心情與情緒。

A廳 今日上映時間表
B廳 今日上映時間表

夏天，頂樓加蓋的房間就像烤箱、蒸氣室。我曾挑戰過幾次中午待在沒有冷氣的房裡，深深覺得離死亡很近，得到的結論是人不可能勝過大自然的。平常日在工作室有冷氣，下班後回到住處，那個溫熱還可忍受，但是周六、周日的白天就麻煩了。

那時便利商店還沒有像現在這樣擺設休息桌椅，所以一百元的二輪電影院是好去處，不清場，想坐多晚、想睡到即將打烊都可以。唯一要克服的就是吃的問題，側背包除了塞紙筆以外，還要有零食，另外再帶件長袖襯衫或薄外套，電影院有時冷氣很強，沒穿上長袖容易感冒。雖然圖書館也適合避暑，但我還是喜歡二輪電影院，一來沒那麼愛看書，二來在裡頭要保持非常安靜，那個氛圍會讓人連呼吸都會不由自主的斟酌。

「中和大戲院」是很老的電影院，曾經整修成「新中和大戲院」，不過最後還是經不起市場的現實而熄燈。它分成A、B兩廳，每一廳最多會播三片，所以兩廳就六片。看一輪下來真會覺得自己是金馬獎評審在審片。賣票的、掃地的、清潔的、販賣部的，都是年邁的老伯和阿姨。也許他們從年輕就在這家戲院了，或者是退休後來這打份工當作運動兼消磨時間，也可能他們都是愛電影的人，甚至他們都曾是電影工作者。我沒問過他們真實情況如何，都是假設與猜想，我傾向於保有這樣的想像空間，很多編劇在一開始構思上應該也是這樣吧，至少我是這樣。

剛開始，我還很守規矩的選擇一廳看，到後來就會趁老人沒注意時溜到另一廳。想他們也司空見慣，不會計較。

即使是假日，場內人數也不多，多半是有點年紀的。那段時期看了很多電影，好的，爛的，其實也不能說片子好、爛，主要在於共鳴點的多寡。起初看電影通常就是看過，感受，結束，有些電影會讓我感動個一陣子之後，就拋在腦後了，後來覺得好可惜，就會帶紙筆做筆記，簡單畫下一些覺得不錯的電影鏡頭，與運鏡和劇情節奏是如何鋪陳，也記一些覺得不錯的台詞。娛樂片、英雄片、鬼片總有些公式可循，當然該刺激的橋段還是會被刺激到，倒是劇情片或藝術片就很難預期到故事的發展與情緒的渲染。

我喜歡電影多過於影集，電影很乾脆，關在一個空間裡兩三個小時，不用行動、不必跟人接觸就能得到故事，有所體會，獲得娛樂或慰藉。結束後，再換下一段另一種人生。

接連看完兩部電影，屁股跟膀胱也到了一個極限，從廁所出來，我會站在最旁邊的樓梯，一邊看電影，一邊觀察一下看電影的人。站在這個角度看其他人，像在觀看催眠秀，每雙眼睛注視著的螢幕，正發出指令控制著他們的表情與反應。電影是迷人的，故事是迷人的。畫漫畫也是類似這樣的工作吧。不是，漫畫似乎更厲害。它既沒聲音，也沒光線刺激，更不用把一群人關在暗黑的房間裡，但手捧漫畫的人同樣被催眠著，一頁頁往下翻，被無聲的分鏡和故事左右心情與情緒。

這樣相較下來，漫畫還真是不得了的東西啊！

我曾經想過將電影模式的固定方框應用在漫畫上。前輩平凡和淑芬就曾用過，的確，以他們的人物美型加上插畫風格，非常適合。但是一般習慣日式漫畫的作家和讀者，或許就很難接受也很難應用。

漫畫分鏡的格子大小、傾斜也屬於情節的律動之一，結合對話框、人物表演、背景角度，是一整體的相互關係，還要考慮一頁一頁間的關聯性，畫的人需要引導看的人想翻下一頁的動力，電影則不需要想這些。電影是帶狀的連續播放，是被動的。漫畫的連續，需要讀者親自用手去翻。漫畫，像是帶讀者進入到作者設定好的觀光景點；漫畫，是導覽地圖手冊，吸引讀者去逛、去探索作者要告訴他們的世界。我想，未來如果有人把VR或觀落陰的技術用另一種演繹方式應用在漫畫上，讀者的各種感官刺激一定更深刻。

回想起來，也要感謝那個夏天熱到不行的頂樓加蓋房，我才有機會去看電影，雖然算下來也花了不少錢，不過，換個角度把它當作繳學費也滿划算的。一直到現在，我還是每周會抽出一天去景美佳佳看二輪。還是很喜歡二輪電影院的氛圍，尤其當買完票去搭電梯時，穿梭在那些一家約一坪大的小商場，總感覺任憑外界很多事情景物一直翻新，這些店卻像停在某個時空沒再前進，彷彿正在上演一齣懷舊的電影。

助手們的轉變

從原本習慣的模式轉換成另一個方式，之間存在著某種隱形的距離，轉換不過去和順利轉過去猶如橋的兩端，而中間那段我們稱之為代溝。

一九九九至二〇〇〇年網路新興，繪圖軟體的問世，是漫畫在創作上與發表上的一個轉換時期。

紙上作業的漫畫家紛紛轉向用繪圖軟體完稿，以周刊的漫畫家來說，網點的費用所費不貲，一萬元的網點用一個多月就需要再訂了，以長期成本考量，不少漫畫家在電腦設備剛出爐最貴的時候就已轉用電腦，有位漫畫家前輩因而花了一百多萬在設備上。由此可知，當年台灣漫畫最為風光時，漫畫家的收入有多好啊。偏偏我這一輩的創作者就是沒趕上。

為了讓電腦完稿逼真如手貼稿，漫畫界流傳著一張光碟，這張光碟裡將所有網點掃描建檔，我個人看過但沒使用過，因為當時賴老師的作品都是用手工，而且也打算結束作品連載，當然以手工完稿做到最後。不過，電腦運用在創作上畢竟是趨勢，我們這些助手還是得開始摸索繪圖軟體。對於這些從沒接觸過的東西，我個人一貫反應是先排斥，要學習新事物讓人感覺很麻煩，過程幾乎是半推半就，萬萬沒想到後來的第一次網路四格連載都是靠電腦。

從原本習慣的模式轉換成另一個方式，之間存在著某種隱形的距離，轉換不過去和順利轉過去猶如橋的兩端，而中間那段我們稱之為代溝。轉換期也是工作室最多助手的時候，我、南昇、阿維、小新、阿德，後來還有個小龍。我們除了原本老師的連載之外，也做網路漫畫，Flash 的動畫與網站，還兼漫畫工會的業務。南昇設計在行，網頁也有興趣，很自然的這一部分就由他規劃。小新、阿德各自做 Flash。小新的朋友從事收音錄音，請他們幫動畫做配音，每個人都分配一個動畫角色，製作過程很有趣。阿維和我做原來的稿子，賴老師也希望我們都能獨當一面有自己的作品，連環漫畫我尚未有把握，當時 River 在奇摩已經紅到不行了，四格的閱讀與轉載比連環更方便，所以我就試著從四格漫畫開始創作。當時美劇《急診室的春天》很紅，我就沿用來當篇名，但人物和笑哏絕對都是原創。作畫流程還是手繪、掃描、完稿。筆畫在紙上的感覺，是任何繪圖軟體工具都無法比擬的。

星期一到四每天一則更新，壓力很大，起初覺得腦容量頂多撐八十則，也就是撐八十天，沒想到一撐就一年過去了。那年雖然網路泡沫化，卻是我從事漫畫工作至今收入最多的一年。

那期間也看了許多其他四格漫畫家的作品，也上網找了一些他們是如何創作那麼多四格的文章報導，忘了是哪個作家，他的方式是用四個活頁便條紙，第一個寫物品名稱，如杯子，米、酒……，第二寫動作，如碰、撞、跌倒……，第三個寫地方，廁所、廚房、公車……，第四個寫人物，司機、老師、校工……。然後一個一個隨機翻開，例如翻到的是杯子、跌倒、公車、老師，就從這組合去發想，或者由這個哏去延伸變化。這種創作方式類似日本電視節目《志村大爆笑》的橋段。我則回想起國小看的《烏龍院》，它是有故事主軸進行的，每天一篇四格，所以故事可以邊搞笑邊接續下去。每位老師都有可學習之處，重要的是要真正投入創作，才能發掘這些眉角。

萬一真想不出好笑的哏怎麼辦？我常會問自己這問題。我是不會太苛求自己一則漫畫的笑點要滿足所有讀者，所以持之以恆的更新比每一篇都好笑更重要。

網路的創作幫不少作者帶來可觀的收入，免費閱讀的風氣似乎也是在這個時期養成。成了習慣後要再收費觀看，老實說，連身為作者的我付費時也會考慮一下。不過，這不是太健康的循環模式，一波下來，投資網路漫畫的企業主紛紛退場，原本從網路漫畫稍稍萌芽的作家也隨之離開或再轉投另一戰場。即使現在，靠點閱率的網路或手機漫畫業者也面臨同樣的問題呢。

網路受挫，作家回歸紙本出版，不過租書店風行加上網路線上遊戲崛起，漫畫出版受到瓜分。例如，原本一個學生零用錢就只有一百元，在網咖尚未普及之前，買漫畫是不需太猶豫，一旦多了很多新的娛樂，零用錢卻還是那麼多，當然只能擇一了，而且首先會選擇喜愛的日本作品（我當學生時也是）。租書店多少也影響了銷量，出版業者曾提議是否採用ＫＴＶ的收費機制，每租出一本書，其中收益有些百分比回歸出版社與作者。但租書業者哪可能理會，所以出版社一度想聯合起來抵制網咖跟租書店，諷刺的是，幾年後，這些租書店卻成了出版社鋪貨的基本盤。

網路發表機會少了，工作室那麼多助手，老師自然壓力很大，再者與出版社的合作也告一段落，雖然後來有執行幾個不錯的合作案，但根本和長期連載的收入無法相比。出版社方面也不再像往常一樣提供優渥的稿費，與此同時，還紛紛解約了許多漫畫家，他們有些轉職，有些往其他國家或大陸找機會。我們這些助手有的選擇繼續跟著老師，有幾個則回去接家業（有幾個家境不錯），或離開去找份穩定的工作，我就是其中一個。

我去了一家做手機遊戲的公司，南昇轉為書本設計，阿維輾轉到鍾孟舜老師的工作室，小新做網路兒童教材，小龍跟著賴老師去大陸，而德哥下落不明。

或許在我這一輩之後，還是有漫畫工作室在持續運作，但我所經歷的一個主筆與助手們的工作室型態，已確定逐漸消逝當中。

樓下的小吃們

小新抽菸，有時會特意繞一圈去跟他買菸，相對的，比我常看到老伯，和他見面時，就聽他轉述一下老伯近況。去年吧，小新一樣騎著車繞去雜貨店，發現鐵門已經拉下很久。知道後，心情難免惆悵，覺得那兒又少了去探訪的動力。

信泰参藥行
魷魚羹

我常覺得老天為了向人們解釋宇宙的概念，所以給了我們菜市場。各個攤位像行星分布在巷弄，小吃攤販則是歇息的衛星站，而在這裡兜兜轉轉，汲汲營營的人們都繞著叫「生活」的中心轉。

我一直喜歡路邊小吃勝過於裝潢華麗的高檔餐廳，當然餐廳服務是很好，偶爾感受一下也不錯，只是小吃除了氣味口感的交換，還多了一種陪伴的感覺。「自在」是用餐過程很重要的一環，不用擔心這樣使用餐具對不對，或是這個調味料配合這道菜是否正確。

不過現在的攤販大都是一窩蜂，流行什麼就跟進什麼。記得十幾年前菜市場或夜市吃的選擇反而多樣，很少重複的。

我知道讀者看了或許會很煩，不過還是得再提一下助手薪水，不多，花錢是要精密計算的，一天飯錢我大致抓一百到一百五元。早餐美而美三十，午餐五十到六十元便當，晚上吃麵攤。也可以中午吃麵攤，晚上吃便當啦。平常日省一點的話，假日就可以吃「我家牛排」或是涮涮鍋。

工作室樓下菜市場有幾家小吃攤。我常去一家賣羊肉羹的店，老闆是五、六十歲的媽媽。攤位是L型的擺到騎樓，座位在室內，走道兩側各三桌，桌上的筷筒插著假象牙的塑膠筷，如果有朋友一起，偶爾會玩一下抽靈籤解籤的遊戲。我常去是因為老闆生意並不那麼好，用餐人少，吃起飯來更輕鬆自在，和朋友聊天不必用力說話，因為是常客，老闆有時還會送些小菜。她動作是緩慢的，想是生意沒有太好的因素之一，所以每當送餐過來，笑容總帶著一絲「啊~不好意思，久等了」，讓人也不好意思多碎唸什麼。這家攤子會比其他家晚一些收攤，有時看完二輪電影已經八、九點了，發現它還開著，信步走過去光顧，老闆起頭就問「今天這麼晚啊」，這是每家店對於熟客都會有的問候吧。「對啊！」我回答，通常回答後心裡也會想著，這樣的問答嚴格來說真的很無聊，但在人與人之間這就是一種溫度。越晚人就更少了，那次就我一個，菜市場回歸居家的寧靜，麵攤的燈泡總會招來些小飛蟲，振動不停的翅膀顯示牠們也沒有要駐足的意思，就只是一直繞啊繞，快接近燈泡時連忙抽身，遠離一點又急於靠近。

「是想怎樣啦！」看在眼裡，心中不由得碎唸。

九層塔，紅蔥頭，這家羊肉羹麵一定有這兩樣，但吃著吃著發現有個紅蔥頭怪怪的，靠北！是小蟑螂的頭！那身體呢！媽的，該不會吃掉了吧！筷子不禁在碗裡翻攪，喔喔喔！發現身體了！當下鬆了一口氣。我默默把牠夾出來放在桌上，幫牠拚個全屍，心裡一片祥和。我並沒要求換一碗，因為也會是從同一鍋撈的。我把麵吃完。

等付完錢，阿姨說，你不喜歡紅蔥頭啊？

嗯……是啊，我討厭紅蔥頭。

她回頭收了碗，用抹布把桌子擦了擦。

我還是偶爾會去光顧，只是開動前總先攪拌檢查一下。

「阿明炒飯」是阿維介紹的。阿維資歷深，當兵前就開始助手生涯，一退伍又回來編制在賴有賢的工作室，我們才真正的熟識。他對樓下有哪些吃的比我清楚。「阿明炒飯」的肉絲炒飯六十元，便當盒蓋起來鼓鼓的，感覺橡皮筋要很用力才能約束裡面膨脹的飯。一餐抵兩頓的飯量，當然是我們的最愛。

阿明大約四十出頭，也可能是三十幾歲吧，但生活在菜市場的人大都比原本年齡成熟個幾歲。他的造型就是穿著宜而爽短袖白內衣，脖子上會有條毛巾，七分短的西裝褲，嘴上叼根菸，靠近左邊嘴角。阿明最早是有店面的，但是店裡沒有桌椅，另外他也不愛開燈，店裡總是幽暗，而唯一的一台大型電風扇只對著他自己吹，任何人在那兒吃飯想必都不會太爽。

阿明炒飯時仍然叼菸，我常一旁觀察菸灰是否會掉到飯裡去，神奇的是他彷彿嘴唇有感應器，能偵測菸灰的長度、重量，到一定程度他就伸出左手夾下菸支，彈掉菸灰再回到嘴角定位，而過程中他的視線始終在鍋裡，右手仍翻攪著白飯、加調味料與肉絲。

對！就是帥氣！如果阿明再瘦個十公斤，一定風靡許多熟女，但他始終保持那個樣子，頂個小肚子，沒客人時就站在店門口抽菸，不太跟人互動，也因此平添一股孤傲。

他不跟點餐的客人聊天哈啦，通常只問要吃什麼，接著就是轟隆隆起鍋、炒飯，鐵鍋鐵鏟的聲音。他飯也炒得很隨性，有時還會吃到鹽巴沒攪散的飯，小新就會說，阿明今天心情不太好。

後來，阿明店面沒了，猜是沒再續租。我們不可能問，即使問了，他也不可能答，乾脆連好奇心也不要有。不久見他弄了一個像是麵攤的攤子，在原本店面的斜對角，繼續炒飯，那塊手寫的「阿明小吃」白色壓克力招牌歪歪斜斜掛著。阿明不管流浪到哪兒，都還是那麼有個性吧。我想。

我們照樣去光顧，即使偶爾還是會吃到鹽巴沒攪散的炒飯。

周五和周六晚上是快樂的夜晚，平常省的飯錢就用在這時候。那時我的房間有台十四吋電視，大都會擠在我那間邊看電視邊吃東西。所以除了「我家牛排」、小火鍋之外，就是鹹酥雞。

樓下的鹹酥雞攤不像現在連鎖店一樣有個大平台，陳列眾多路上跑的、水裡游的、土裡種的。那是家傳統小攤，東西簡單，我和另一位助手小新常點的是雞柳條，光吃雞柳條一餐不會飽，所以會在傍晚時加購麵包店快下架的吐司，好像半條二十五或三十五元的樣子。用吐司包捲雞柳條吃，味道還真不錯，這樣吃一定會口渴，我們也沒忘記再走幾步去一家雜貨店買沙士，一大罐才十五元，沙士的氣體加上吐司的膨脹，想不飽都難。

雜貨店老闆是一個老伯，身子瘦小，說起話來卻中氣十足，和老婆一起顧店。

同一條路上有頂好超市，雜貨店生意自然清淡許多，或許因為這樣，除了買喝的，其他東西我們也盡量來這裡「交關」。老伯很健談，常聊起他的往事，要我們趁年輕時多拚，不要怕累，他很少聽說人因為做得很累而死。的確，民國八、九十年代確實過勞死還沒那麼流行。老伯有次問起我們的工作。其實也不知道漫畫到底算不算一門工作，倒是老伯建議我們去找更接近社會期待的行業比較好。我約略體會老伯的心情，他們那一代人大都是苦過來的，不希望子孫跟著受苦，總習慣把一切準備好或預留好給下一代。老伯有個兒子小兒麻痺，雖然房子有了，但還是擔心兒子日後謀生不易。從他言談中聽得到自責和不捨，儘管老人神情顯得豁達。我和小新、阿維後來還曾經租過老伯空著的公寓，一人五千，一人一房。

賴有賢老師決定前往內地發展，工作室解散，我和小新各自找了家公司上班，阿維轉往鍾孟舜老師工作室。解散後的頭幾年，我們這些助手每年還會固定在工作室附近聚一次，吃吃飯、聊聊以前同事時的趣事，即使到了現在，偶爾相聚也還是聊這些。

其實每年回去，同樣的路也一直在變，路燈多了，兩旁蓋了新大樓，頂好超市也變成地下停車場。我們不由自主地尋找著舊日的熟悉，我和小新會走去老伯的雜貨店買罐飲料，純粹只是想去看看他。他仍然精神奕奕，看到我們眼睛瞇瞇的笑開來，聽我們說著現況，如意的，不順遂的，還是很正向地給予鼓勵，說身體健康人平安就已經很好了。我們站著聊，聊個十幾分鐘，考慮到老伯的腿不耐久站才告辭，而他會一直送到門口，看著我們戴上安全帽，再次道別，離去。

小新抽菸，有時會特意繞一圈去跟他買菸，相對的，比我常看到老伯，和他見面時，就聽他轉述一下老伯近況。去年吧，小新一樣騎著車繞去雜貨店，發現鐵門已經拉下很久。知道後，心情難免惆悵，覺得那兒又少了去探訪的動力。

總覺得人生每個階段都像是圓規畫著圓，繞著一個中心，工作室時期，工作室就是中心，附近菜市場等看到的、認識的人就是有個範圍，不會同時跨到另一個範圍去，直到換了一個階段，才會有新的定點，接著就在那個新的範圍裡繞。

先前的中心還是在，不過一旦離開後，幾乎不太可能重新把圓規的針定在那兒了。

It is my way.

我承認我是病態的，筆下的角色出身都不太健康。假使體檢沒問題就沒什麼好憂慮與顧忌，那樣的故事太美好了，正面能量固然重要，但是沒有先感受負能量，正能量的存在就多餘了。

我在出日頭時上班，在月亮下畫畫。

結束六年多的助手工作，我才算真正出社會。

從小就很排斥適應新環境，曾經耳聞一旦家裡工廠倒閉要跑路轉學的消息，就開始焦慮擔心，連小狗被賣給狗販都傷心老半天，離開熟悉的環境、朋友，又該如何面對啊？後來幸好沒有，只是搬到外公的縣政府宿舍。升國中時也超級擔心陌生環境與陌生人，一位原本不太喜歡的小學同學剛好分到隔壁班，反倒成了我的救生圈。

比起在工作室的如魚得水，新工作單位讓我戰戰兢兢。同事聊的話題完全無法融入，國中畢業後就不太碰電玩了，手機遊戲也引不起我的熱情，偏偏這是我的工作內容。那時手機還無法運作太大的圖檔，我得捨棄以前畫漫畫的手感，學習用點陣軟體畫圖。點陣圖像是在螢幕上刺青，也像是下彩色圍棋，或者插秧種田，按一個鍵種下一點，還需要經常縮小圖檔看看陰影輪廓是否立體，再放大圖檔修飾元件。所謂的元件是獨立的，寫程式的人員會給它指令進行動作，像樂高拼組人、建構一個世界。我也是公司這個大型樂高裡的一個元件。

我不想顯現無法融入或給同事不合群的感覺，曾試著說笑話，但換來的是一片尷尬與沉寂。不騙大家，上班第一周就好想提辭呈，深深體會之前從事漫畫是待在泡泡裡，隔層薄薄的膜看世界，離開後才體會到世界的粗糙。我太在意這些不順遂，因此會更放大這些情緒。公司在和平東路靠師大路，午休時間，我常頂著大太陽在師大夜市晃，太陽光可以蒸發心裡的憂鬱，並和街道上的夏日女孩進行深具療癒的光合作用。

上、下班用在交通上的時間是長的，時間多到發呆都難以填滿，我用構想故事來補足那些分秒，把它當作用點陣圖填滿元件的空格。每年新聞局（今文化部）和國立編譯館（今國立教育研究院）都會固定舉辦漫畫比賽，漫畫出版社一直在縮編，這類比賽便成了可能的出口。當時新聞局的比賽名稱是「劇情漫畫獎」，比賽規定經常微調，前幾屆參賽者先畫四十頁以上的完稿加上後續的故事分鏡草稿就能參賽，入選得獎後，需要找一家出版社合作出版，獎金與出版社均分，成書後再繳交一百本給當局發放存檔。之前我在一本漫畫工會辦的《GO漫畫創意誌》月刊連載《光與闇》（警賊），一個月二十四頁，所以比賽不成問題，何況人有的是惰性，有個目標加減會鞭策自己往前走幾步，加上現在有份固定薪水支持，更沒理由不畫漫畫了。

我開始構思「It is my way」，是個關於田徑的故事。老實說我討厭跑步，但這題材取材不難，到處都有田徑場，網路也好找資料，主要是覺得田徑場是個很有趣的地方。所有跑道場地都有標準也固定，人卻可以在那個空間創造出很多傳奇。像是給小孩一張白紙，他畫出了超乎預測、想像的東西。故事大綱是敘述一個爛賭成性、妻離子散的田徑教練，遇到了一個想藉著田徑成名讓離家的母親看見他成材的選手。我承認我是病態的，筆下的角色出身都不太健康。假使體檢沒問題就沒什麼好憂慮與顧忌，那樣的故事太美好了，正面能量固然重要，但是沒有先感受負能量，正能量的存在就多餘了。

漫畫裡有段對話，連我寫完時都很喜歡。是的，我老王賣瓜。不過隨著時代變化，現在的「老王」除了賣瓜之外，還要身兼越牆偷情與生父的角色。

那段對話大致的意思如下：

天才選手在早餐店問教練爛賭輝：「你大可以換個職業謀生重新開始，為何還留在田徑界讓人譏笑？」

教練停止嘴裡漢堡的咀嚼，低頭沉默了一下後，哽咽的說：「因為我的小孩離開時年紀還很小，他印象中的爸爸都在田徑場，萬一，哪天他回來找不到我怎麼辦……」

現在回想起來，腦子裡會冒出這段對話，可能是潛意識在抱怨現實狀況不允許我專職從事漫畫。

多年後，讀了一本小說《月亮與六便士》，裡面提到當人抬頭遙望月亮時，就忽略腳下的六便士，抬頭看的月亮是夢想，低頭的六便士是生活現實。當然我無法像小說裡的史崔蘭那麼任性拋開所有，執意去追求夢想，人的夢想不能成為旁人的困擾或負擔，否則十分不負責任。

或許我會趁白天月亮還沒出現前，多注意腳下的銅板，等晚上月亮出來了，就專心的仰望端詳。

《東華春理髮廳》

理了我的頭緒

既然畫不出一拳揮出就擊破山壁的氣勢，
但我可以試著畫出腳踏實地的氛圍。

倘若八十歲時有人問我，我的轉折是哪一本作品，答案一定是《東華春理髮廳》。

這個轉折並不是指讓我一舉成名，或者創作之路自此左右逢源走得順遂，這轉折是我比較確立了想畫什麼樣的路線。並非是不喜歡在這之前的創作，而是自己當時有著很多偏向市場性的顧忌。日漫、港漫已經充斥漫畫市場，日漫更是囊括了小學到青年族群，其實我很徬徨，不知道往哪個方向。

在工作室有段時期，賴老師會要求我們助手一個禮拜交一張人物設計圖，算是作為練習。少年漫畫的人物設定一直是我最弱的一項，雖然也愛看少年漫畫，但自己畫的時候就是無法想像一個人為何能背那麼一大把武器在身上？頭髮為何都要像插花的園藝，或像刺蝟，或頭髮劉海蓋住臉，會不會每天起床的第一件事就要花很多時間弄髮型？有些戰鬥中爆裂的衣服，下一回又能完好穿上身出場，是不是在大特價時同款一次買很多件？還有，奔跑時那些大型武器都不會敲到自己嗎？萬一跌倒了，身上那麼多暗器不會插到自己嗎？對！我就是會無法控制的顧慮這些，所以我的角色總是一身輕，都是路人甲、素人乙、老王丙，沒什麼記憶點，但約略知道長什麼樣，也許這麼一來，讀者也好套用在自己身邊的人身上。

我嘗試過創作少年漫畫，二〇〇三年在《GO漫畫創意誌》畫《光與闇》（警賊）就是盡量勸自己依循市場畫少年性的題材以得到些讀者青睞。也許實力不強，或者是抓不準那個路數，連載沒幾回，劇情就偏回講人與人的故事。但這樣也畫了兩年累積到出版的頁數，為了方便推銷作品，我拆開雜誌將自己的部分一回一回的整理、裝訂成冊，並且自己做了封面封底，方便複印一份寄去出版社，期待被相中出書。人要在漫畫江湖上行走，單行本是名片。當時漫畫市場不景氣，出版已呈現緊縮保守的狀況，而且又是新人的出道作品，倘若我是老闆，也會考慮再三，所以它在原稿堆裡埋了十幾年後，一直到二〇一七年才終於得以出版，重見光明。

我是在整理家裡書櫃時發現這本漫畫——谷口治郎所畫的《遙遠的故鄉》，只有上集。應該是搬出工作室時不小心夾帶回來的，對於這樣的畫風與說故事方式，對前些年的我來說吸引力很弱，當時我還是喜歡看人物好看的漫畫，沒接觸過的很少會去嘗試，但既然不小心帶回來了，丟了可惜、放在書櫃上不看也沒意義，便坐在地上開始翻閱。從畫風可以看出那一代的漫畫家作畫方式很「頂真」，幾乎每一個分鏡都畫上了背景，如果有在注意日漫的話，多少能看出每一代的漫畫家的畫風，分辨出哪一個階段的風味，例如手塚治蟲時代因為紙的來源十分珍貴，所以同期的畫家一頁裡大都塞了九格以上的分鏡，這個方式到了後來的北条司時期，一頁大都不會超過七個分鏡，畫面感也相對的多了花樣，但是不管格數多少，都說了很好的故事。

我就這樣坐在地上一口氣看完了這本漫畫。一本漫畫讓人順順的看完是最基本的，厲害的漫畫則是看完後心裡還有餘韻，讓你感受到些什麼，但需要一些時間才能釐清。這樣的說故事方式似乎讓身在暗巷裡的我忽然看到燈光。也許我可以往這樣的路線試試看，既然畫不出一拳揮出就擊破山壁的氣勢，但我可以試著畫出腳踏實地的氛圍。雖然不清楚在不在行，「想」總是在「做」的前頭，但畫畫是「做」了「想」就跟上來了，因為有多次經驗告訴我，常常都是想啊想，手距離白紙還是很遠。

我通常是搭早上六點二十分的二〇二公車往基隆車站。早上的基隆通常是灰藍色，因為有霧。海風和潮濕如同刮刀般，使得靠海的房子總是一臉素顏，但素顏是親和，沒有距離感。公車在薄霧中行經中船路，它其實比較像是巷子，兩旁是整排的連棟三層樓房，房齡顯舊、看板林立，猶如做陶的素坯上了些點綴。那條路上至少有三家理髮廳。大概是小學一年級，開始都騎腳踏車上學，小學沒有設立腳踏車場，附近有間家庭理髮廳，我在那剪過頭髮，老伯記得我，他願意讓我把腳踏車停那兒，可能是因為這樣我一直會注意到理髮廳，或是看到理髮廳就打從心裡產生親切感。

東華春理髮廳。中船路偶爾會塞車，所以我可以從容地透過車窗瀏覽兩旁的房子，然後就被這家理髮廳的店名吸引了。招牌掛在騎樓下的入口處上方，質料是鐵皮手寫字，招牌上頭架了一盞日光燈。騎樓的柱子旁有幾盆花，盆栽下用紅磚墊高，常看到老闆澆花，一旁有隻小黑狗，每當牠對著經過的車吠叫，老闆就會拿掃把作勢打牠加以阻遏，小狗退後了幾步裝乖，但等主人回頭做他的事，就又往前不停吠叫宣告地盤。理髮廳店門口門框與窗框是藍綠色，就是我們常在眷村看到的色調，門是對開的玻璃，貼著冷氣開放，老闆經常打開一邊，大致能看到裡面的陳設，我就像抓寶一樣，每天蒐集一些，今天看清楚幾張理髮椅子，明天觀察洗頭的洗手槽架在哪，後天看店裡的櫃子……我對於店名一直抱著好奇，但一直沒勇氣詢問，總是用趕去基隆車站搭客運上班的藉口搪塞自己。

但畢竟是生性浪漫的人，為了彌補好奇就會腦補些什麼。每天平均花兩個多小時往返公司和住家，消磨時間的選項不多，補眠是一種，看書會暈車，記得高職有位學長分析公車比火車容易暈車，是因為公車的晃動除了左右還有上下，不規律地晃動下要固定眼睛焦距根本是一種凌遲，的確是這樣，所以我經常是發呆看沿途風景，即使聽音樂也不常，然後就是想故事了。東華春是一家店名，如果單純是一家店也是可以說故事，但我又想，如果將東華春拆成三個字就可能是三個故事的源頭，也許是一家人，也許是不同的人，就可以發展三條不同路線的故事，加上這裡來來往往的人多少也會留下些故事。這樣一個店的題材就夠豐富了。好吧！決定來畫東華春理髮廳的故事！

邊上班邊畫漫畫，進度一定是緩慢的，但也沒有不好，倒是可以慢慢細想更周全一些，心裡已經預備了剛好一本說完的故事，也保留可以延續的空間。其實我創作時都這樣保守，除非出版社已經允諾，我才敢稍稍鋪陳續集下去，否則台灣出版經常會因為反應不佳就腰斬，故事說一半是很對不起讀者的為了以防萬一，我習慣以一本為單位考量。不過，這也會讓想出一套的出版社，覺得每本故事總有個段落，不會讓人有心癢癢想繼續買第二集的衝動，這似乎也是我的作品無法暢銷的問題所在，一來沒有讓人討論的施力點，二來似乎沒有立刻看後續也沒關係。啊，我就是這樣啊，也不知道怎麼辦啊。我能一路畫到現在，這件事本身已經是個奇蹟了。

我經常是下班回家後睡前畫個一到三張的草稿。我的壞習慣是故事有個大概後，就讓故事邊走邊產生，所以當有人問我後面打算怎麼演？老實說，我哪知道啊，也許畫到一個階段它就自然的延伸出來了。但這是不好的方式，因為提案時往往說不出個所以然，怎能期待說服對方。我現在有開始訓練自己寫大綱，但還在調適階段。

我花最多時間是在台詞上，其次是調整分鏡。我會把自己分成兩個角色，創作時是畫畫的人，盡情的去畫到一個階段譬如完成了十頁，然後隔天把自己切換成讀者角度，看昨天畫的是否覺得好看，但這個讀者角色又帶著一些創作者的角色共同在內心討論。就像我認識的乩童說的，當神明附身時他自己本來的靈魂還在，約略知道自己在幹嘛，但是主導的是神明，所以會去撞牆並不是他願意，是神明忘記他附在肉身上。不知道這樣形容妥不妥當，但是創作本身就是經常在切換角色以及對看待事件的角度。

第五頁草稿改成第八頁，原本的第八頁往後移到第十一頁，再畫一張補第五頁的空缺，這是我經常在做的剪接過程。其實這樣是不專業的，認識的漫畫家有些是很頂真的畫下每一頁的分鏡以及台詞，幾乎就不再改動，而我似乎天生少了這份安定感，隔兩天看了就會想改，隔了一周看又想改，甚至上墨線時又推翻草稿又改分鏡與台詞，直到交稿前我都這樣改啊改的，以至於交完稿後腦子得癱上一陣子。不過最累的過程也是最有趣的，雖然當下一回合要重新再來一遍，開頭還是覺得很煩很憂鬱，但一腳踩進池子裡、真的泡進去後就好了。忘了在哪看到的心理書籍，上頭說人遇到事情會憂鬱煩躁是在啟動思考解決問題，從這論點去想，對煩躁憂鬱就不再那麼厭惡了。

《東華春理髮廳》大概畫了兩年多，分成兩個階段畫，第一階段是完成五十幾頁的完稿與故事完結的草稿報名第七屆劇情漫畫獎，第二階段是公布入選後再完成後面未完成的。入圍表示一定有獎金了，這也是促使我完成它的動力。我是利用下班後的時間完稿，就算一天畫一張，遇到公司加班回家已經深夜，洗完澡還是撐著眼皮畫，好幾個夜晚畫到眼睛都閉上了，意識卻仍認為自己還醒著，手上的沾水筆繼續畫著，等驚醒過來，墨線已經跑出原稿紙、角色臉上多出不必要的線條了，修整的心情是又幹又好笑。

頒獎典禮當天心情超級忐忑，以往還不會這樣，這之前的我大都在觀察其他入圍者，典禮當天大都隨意打扮而來，一直是牛仔褲加上黑色長袖襯衫，我是想這樣就算落選了，也可以不那麼顯眼的離開。但這次不一樣了，這次的《東華春理髮廳》完全是從自我畫出來的故事，是我丟掉以前當助手時所學的，重新用自己的語法說故事，劇情裡沒有正邪對立，沒有熱血情節，沒有完全的好人，沒有真正的壞人，每個人都有遺憾，每個人都期待被體諒，雖然不清楚這樣的故事是否有合評審的口味。頒獎流程從佳作開始宣布，過程很像漫畫分鏡一格一格的堆疊情緒，每翻一頁，畫面裡的台詞沒有我，心情落下又再重新跟著分鏡堆疊，再翻頁，仍不是我，這樣幾次潮汐起伏都要煩了，終於聽到頒獎人讀出首獎得主的名字，我的名字，我反而沒在氛圍裡，即使起身時知道所有人都看著自己，清楚自己笑得尷尬，卻忘記上台發表感言時說了什麼，只記得腳在發抖，舞台上方撒下的亮片有這麼一片就卡在頭髮上。

這屆也是劇情漫畫獎的最後一屆，我成了末代首獎，而得獎原因也許是因為評審不全都是那麼漫畫界的。還記得評審的評語約略是：本作品稍做調整適合改編成戲劇。

相比走得遠、走得久

無論是做事業或創作應該就是希望走得遠、走得久，所以踩穩一步才能接續下一步，市場反應的多寡決定腳下的地板有多大。台灣漫畫創作者腳下的立基點原本就不多，能站穩的漫畫家手指能數得出來。我沒自信能站上板子，即使站上了又能撐多久也沒把握。

漫畫家有兩種，一種是自稱；一種是人家稱呼的。

邊上班邊畫漫畫的我算是漫畫界的人嗎？好聽點就是業餘的漫畫家吧。不過多年後去了歐洲交流後，內心就少些疑慮了，不少歐洲從事漫畫創作的漫畫家平常也是有份工作，供養生活、供養漫畫創作，一年或半年畫個四十幾頁就集成一本書。想從事漫畫的人也許可以考慮這樣的方式。

畢竟台灣不像日本市場的健全，並非說在日本靠漫畫維生就容易，日本漫畫家他們相對要面對的競爭更多更激烈。台灣主要還是朝著日本的模式運作，尷尬的是早些時期出版社用來餵市場的仍是以日漫為主，偶爾才介紹我們這些還有台灣口味的……但說這些自怨自哀的話，也許只會被一些讀者調侃不成材而已，台灣除了幾位大師可以和日漫一較高下之外，其他的大都是隱性的存在。

無論是做事業或創作應該就是希望走得遠、走得久，所以踩穩一步才能接續下一步，市場反應的多寡決定腳下的地板有多大。台灣漫畫創作者腳下的立基點原本就不多，能站穩的漫畫家手指能數得出來。這也是我當時選擇邊上班邊畫畫的原因，我沒自信能站上板子，即使站上了又能撐多久也沒把握。

有不少身邊的人都認為，我得獎後就會一帆風順，會有不少出版社邀稿合作，但其實沒有，我還是朝九晚六的上下著班。假使把這段期間的工作分配做成圓餅圖，應該有 70% 是在處理上班，剩下的扣一扣剩下 10% 是畫畫。回想起來，這樣的模式是較穩健的，不用去擔心漫畫銷量。

到現在還是會想，假如當初「東華春理髮廳」得的只是佳作，我會有信心堅持往青年漫畫創作嗎？也許我會縮回來一點，或許不會那麼執意？可是很多事都是頭一洗下去就會：啊青菜啦！順便洗全身了啦。時至今日，我還是覺得自己身在個「卡」字，從下往上看有一條線擋著難上去，由上往下看腳上的立足面積就這麼一小段，一不小心就掉下去。我想有這樣感受的也不只我，而這樣的案例越多越顯示整個台灣漫畫得緊促。

講了這樣一大段，其實就是想說《東華春理髮廳》並沒有因為得了首獎就賣得好。

我的確畫出想給讀者看的了。我這樣安慰自己，但是否又太一廂情願了。創作時候讓我苦惱的癥結也是在這兒，看到書的銷售報表我也常這樣深思——

我是要畫出我想給讀者看到的？或是畫出讀者期待看到的？只要繼續畫畫就會一直糾結在這件事吧。

不過值得開心的是，因為《東華春理髮廳》接觸了其他領域的人，而這並非因為書賣好就能接觸到的緣分。

這麼說好了，會接觸到吳念真導演是因為我的厚臉皮。

《東華春理髮廳》出版之前，出版社問我心中有想找誰推薦。我馬上就說希望能找吳念真導演，編輯面有難色示意我丟了一個難題，除了吳導之外呢？編輯問我。呃……我一時之間真的想不到了。不勉強啦，我確實有點超過了吧。所以，當在成書書腰上看見推薦人吳念真導演的名字時，真的是驚喜，驚喜的翻譯就是驚訝到很開心。我真的沒意料到出版這本漫畫可以因此連結到吳導，當時在會議室提出請求時，完全不敢期望會得到這樣美好的結果。

第一個買《東華春理髮廳》的應該就是我自己了。

基隆車站附近有家金石堂書店，隔著馬路要到書店必須走上天橋，那座天橋架有屋頂像走在隧道，這條隧道不長，我卻用了三年多的時光穿越而過。書平躺在書架上，付帳時我開玩笑的問店員，作者自己買書有沒有打折？店員感受不到我的玩笑，也許也真的很難笑，冷冷地說沒有。我買了三本，一本給家人、一本簽給吳導、一本自己留存。然後再次走上天橋到另一頭的咖啡廳，坐在戶外座椅。

我拆了塑膠膜，從頭再看過一遍。當時我還可以看著畫面，想起畫那一頁時自己坐在家裡的哪個位置，而現在我只記得那個下午，坐在基隆港邊看完自己第一本出版的書——《東華春理髮廳》。

拿起麥克筆，要簽下第一本簽名書給吳導。悲劇了！慎重反而手拙，第一個字的吳就寫錯了！「吳」寫得像「昊」。

我又跨過天橋，再買了一本。

當圖像轉成影像

東華春理髮廳本身就是個虛構的故事，卻成就了真實的情誼。我想讓我感動的應該是這件事，而並非改編後為我在漫畫路上增添了什麼。

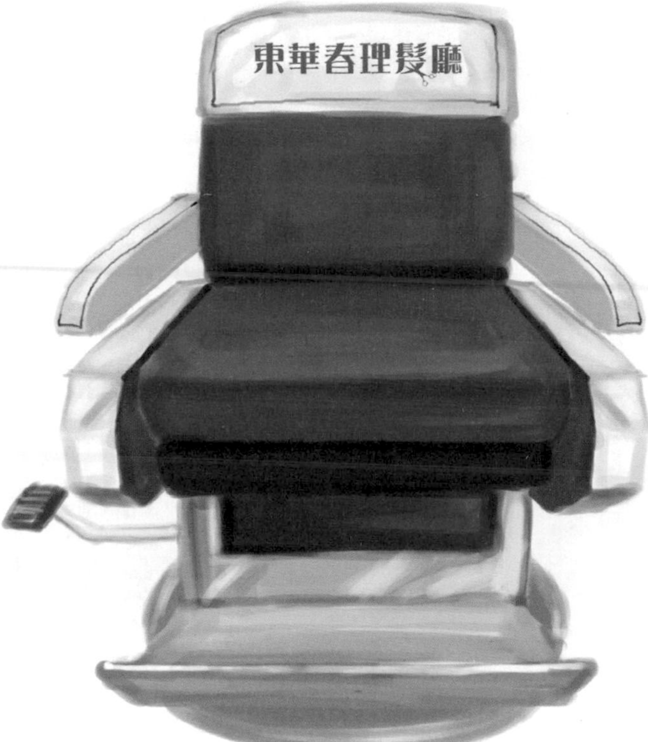
東華春理髮廳

在其他國家，漫畫被改編成戲劇是常有的事情，日劇或日本電影就是常見的例子，這陣子漫威的漫畫（Marvel Comics）改編電影或影集更是賣座得很可怕。台灣的改編例子除了很早期葉逢甲老師的《諸葛四郎與真平》，以及我在國小時候讀的敖幼祥老師《烏龍院》改成連續劇之外，再來就是二〇一二年的《東華春理髮廳》了。

作品能被改編是件很興奮的事情，令人充滿想像。不過，要從原本的漫畫跨到另一個產業需要橋梁，這座橋也許是一個動作、一次會面或是僅僅一句話。

真的很謝謝吳念真導演，我想《東華春理髮廳》沒有他提起影像改編的念頭，出版社不會聯想到這個層面去，後續也就不會有電視劇了。能成功的被改編要感謝很多人，無法詳細的一一提名感謝，也因為這次的漫畫改編，我才真正體驗到影視作業需要整個團隊合作才能完成，它的運作除了看天，更要精密的時間與進度安排。

在漫畫創作中，漫畫家幾乎包辦編導、演員造型、場景燈光等等環節，但影視改編必須將這些任務拆開交由專業呈現，我也因為這個機會認識了蔡東文導演、編劇統籌小蜜和編劇們，這齣戲有八位編劇一起燒腦完成。為何說燒腦，因為我只有一本漫畫，他們卻得生出四十集、一集兩個小時的戲，必須說編劇這一環是所有戲劇的靈魂，是最重要的環節，然而台灣的環境對於編劇實在是……我又偏離要說的了。此外也認識了至翰、少宗，還有攝影大哥、燈光、收音道具、副導、負責梳妝的美女們。

打從心裡敬佩每個專業，專業二字是需要時間去堆積、厚實的。一篇王家衛電影《一代宗師》的訪談中，他提到所謂的「工夫」就是時間，這句話我很認同，工夫需要每天經常性的做同樣的事，跟漫畫創作或其他創作一樣，都得要經得起枯燥與孤獨，旁人無法幫忙的，專業無法像武俠劇裡演的一樣，有個武功高強的人用雙掌就能把他的功力直接灌進你體內，也無法像《駭客任務》一樣，在腦裡灌個軟體就能具備開直升機的技能，更無法像哆啦A夢一樣從胸前口袋掏出道具就能解決。就因為人類目前都無法做到，所以會創造這些想像滿足人的無能為力。

原本我腦海裡想的只是要當個路人甲，出現在自己改編的戲裡作為紀念，萬萬沒想到編劇安排我在最後一集演出將近十分鐘的戲。實在讓我焦慮啊，平常單單上台說話腳都會抖。當天，在台視門口集合，準備前往老梅的東華春理髮廳，車上是製作人、導演、副導和工作人員，我曾有類似出班的經驗，只是以前是廣告公司的工作，這次真的是去開眼界，一上車大家開始七嘴八舌討論拍攝過程所要發落的瑣事，我則是遊客的身分。

起初我一直以為老梅是誰，到了當地才發現自己有多蠢。我想很多事都是緣分，劇組問我漫畫裡的那家店還在不在？基隆那家的老闆已經退休，書出版後，我想送書給他並道謝，卻發現店門口鐵門已經拉下，隔壁阿姨說已經結束營業，一聽心情不免落寞，我將書交給阿姨，請她轉交，臨走前還望了一眼尚未沒拆下的看板。這裡的緣分結束了，但劇組在老梅結了新的緣分，雖然老梅這家理髮廳的阿桑也是想要退休了，但將店租借給劇組拍戲，看板改成東華春理髮廳，事後也沒再更改。這世上總有緣分不斷新生與消逝。那天，我們一下車，阿桑就擁抱了導演，也許是相處三個月的情誼，也許是她知道今日殺青後即將別離。導演介紹了我，阿桑露出當我是自家人的笑容邀我入屋坐。

各組手上都有劇本，可以讓大家清楚接下來的演出。攝影、燈光、收音都是第一個就定位的，他們速度最快，前後約莫十分鐘像是當兵演習時的操演，梳妝幫演員補妝，演員再次讀本對戲。

五、四、三、二……戲開始拍，我站在外頭看，他們在演我畫的漫畫耶！有點不可思議，應該說不敢置信。我人生的某階段也在這個戲裡了。

殺青前的幾個鏡頭，導演原本串通劇組要將啤酒灑在演員身上，然而在更早之前，演員卻說好一起噴導演。我就看他們追來跑去的，如同一起上學好幾年的同學慶祝畢業典禮。

後來呢，我拿起麥克筆在白牆上畫了陳小華，簽上了名。我當時想著再找一天把其他角色也補進去，然而，至今我還沒去。反而在臉書上常看到蔡導和至翰，他們偶爾還會騎著腳踏車去探望東華春理髮廳的阿桑。

東華春理髮廳本身就是個虛構的故事，卻成就了真實的情誼。我想讓我感動的應該是這件事，而並非改編後為我在漫畫路上增添了什麼。

改編與自己編

改編確實比畫自己編的要難多了，改不好，讀者會說那麼好的劇本你搞成這樣！去牆角站著檢討！萬一改得好，讀者又說，就是因為原著那麼好，能改編得好是正常的。

改編就是把別人的小孩借來做造型與化妝，可以增增減減，但不能讓對方家長認不出來、讓鄰居搞不清楚到底是誰家孩子。

《東華春理髮廳》戲劇播出後，不久《小日子》雜誌安排了一次訪問，由我和吳念真導演一起，我終於可以當面謝謝吳導了。

吳導桌上有很多書，一面牆上的書櫃也是滿滿的書，還有座古銅色的金馬獎。雖然那次我也是被訪人，不過我完全變成跟《小日子》一起訪問吳導的讀者，吳導是和藹的，但是和他同坐一張沙發上還是有點不敢置信。訪談過程像是在樹下聽人說故事，學到一些吳導在塑造角色上的眉角，學到了一些人生態度。一個老人家幾乎每天都忙到凌晨才就寢，還需要家人三催四才肯上請床，相較之下，我自己簡直把時間過得很浪費。訪談告一段落，吳導到陽台抽菸，好不容易見到吳導，當然一定要抓住機會問問題。記得第一個問題是，「吳導，如果劇情想不出來，你怎麼辦？」一問完立刻驚覺問題超級爛。吳導把嘴裡的菸吐完笑笑地說，想不出來就想不出來啊，能怎麼辦？頓時一陣沉默。

也因為這次的見面，才打開改編《人間條件》的契機。

這天，出版社編輯領著四位漫畫家來到吳導住處，這是第二次見面。這次的目的是要將《人間條件》一、二、三、四改編成漫畫，編輯希望執行之前，大家可以和吳導聊一聊認識一下。我負責的是第四個故事——〈一樣的月光〉。吳導沒有意圖左右我們說故事的方式，因為這會無趣。他希望我們能依照自己的觀點去重新編繪這四部舞台劇。他是好意，希望我們過程能更自由些，不要被綁住，吳導一說完他的想法，我頻頻點頭，後來覺得不對啊！「自由」有時反而讓我無所適從啊，原著劇本的起承轉合，場次台詞都是完備的，而且巡迴演出的過程都是觀眾滿座，如果太按照漫畫家自己的意識重新調整，稍有不慎，就會破壞原作所要傳達的。再者，漫畫規定頁數是一百二十頁，一般漫畫成書約略是一百八十頁。要將三個小時的舞台劇濃縮在一百二十頁，多恐怖啊！等於把北港六尺四硬擠進行李箱。

我去誠品買了附有劇本的ＤＶＤ，雖然看過舞台劇，但看戲是這樣的，第一次看是觀眾，完全投入在劇情裡，第二次比較能分析一下劇情的輕重緩急，雖然還是會不小心又掉進劇情裡，畢竟舞台劇的演員就在眼前，你會不小心地以為是在看隔壁鄰居正在發生的事情，不像電影中間有布幕那層隔閡。我大概看了五次，中間還按暫停，對照一下劇本在上頭做筆記。我覺得改編很重要的一點是投入，雖然像是在說廢話。我將投入的層次分成三種，而且需要經常交換。

第一種投入是如同第一次看戲那樣，是從觀眾的角度。試想，舞台劇演員其實已經排練很多次，也上場演過很多次，但是都要給觀眾像是在演第一次的感覺。那樣的投入就是都要當成第一次，如此一來，情感才會滿，才能感染到觀眾席。觀眾情緒最滿的應該也是第一次看戲的時候。我想要抓住這樣的感覺。

第二種投入是把自己想像成劇中的角色，這種投入比較不陌生，我在畫自己的作品時，就常把自己當成漫畫裡的每個角色，這樣才能從那個角色的角度去面對一件事，例如〈一樣的月光〉中，姊姊是純樸的，妹妹是想往上爬的菁英，當他們在看一〇一大樓時，妹妹會說「我總有一天要在最高那一層上班，把台北踩在腳下」，但姊姊會說「在那麼高的地方上班，如果地震不就很可怕，再說妳下班之後還不是要回到地面上」。並不是姊姊不愛高樓大廈，只是姊姊會是傾向欣賞，妹妹是想爬上高處被欣賞。

第三種投入是導演的角度，既然要塞進一百二十頁就必須取捨。我想吳導完成的劇本不會是我現在看到的版本，一定是寫很多再慢慢取捨。所以當我要主導這部戲，我要像吳導一樣投入，可能得在腦袋裡彩排個幾十幾百次。感覺投入了，麻煩的還在後面，那就是要讓讀者知道這是舞台劇改編，但是看漫畫版時又會有耳目一新的感覺。

這很像搭長途飛機，白天出發，到另一個國家還是白天，但明明已經過那麼多時間，好像是平行時空瞬間移動到那裡，眼前的風景、人種都不一樣了，雖然都還是在同一顆地球上。我要講的就是「時差」，劇本也是有時差的，當吳導順好原著劇本，它就已經有時間了，第一場，第二場，最終場。這就是吳導當時寫好的時間，帶觀眾從第一場飛到最後一場。而我要做的就是打亂這個時間，不過最後降落的點要在吳導停下飛機的地方。打亂時間是最快讓人耳目一新的方法，讀者就會覺得新奇想看後續。如果我畫的是照著舞台劇的第一幕、第二幕……啊幹！那我看舞台劇ＤＶＤ就好啦！

重新順過時差之後，接下來的步驟就是剪接跟抽絲剝繭了。那麼多場要挑出哪幾場來演？那些在劇裡沒有放大的點是否可以嘗試放大？要刪掉哪些戲？這也是很頭大。

其實我非常喜歡原著裡的幾場戲，是兩個專門偷家具變賣的小偷在被姊姊逮到後，妹妹報了警要抓走他們，但是姐姐聽到小偷的遭遇後卻心軟不想追究。下一場小偷再次出現，也是一人一邊在搬著沙發，樓下警衛叫住他們，以為他們又重操舊業做壞事，他們卻說這次是幫人搬家，他們現職是搬家工人。原本這幾場是整齣戲裡的插曲，為了活絡劇情，為了凸顯姊妹的不同，但因為篇幅關係無法畫進漫畫裡。不記得是我問吳導，還是他在訪談中說的，意思大概是，人生很多事如果忘記了就表示不重要，所以就不要來再花心思一直要想起。我想我會遺憾沒把這段畫進去漫畫裡，並且會一直記得。不過為了要一直記得，我也不會再把它畫進去了。

臨床實驗證明，改編確實比畫自己編的要難多了，改不好，讀者會說那麼好的劇本你搞成這樣！去牆角站著檢討！萬一改得好，讀者又說，就是因為原著那麼好，能改編得好是正常的。

這次真的體會了不少，看原著有學到一點吳導的編劇鋪陳，情緒堆疊，如何讓觀眾又哭又笑，也學會在一個既有的劇本裡如何改編又能保留原著的東西。我不會說自己改得很好，至少吳導沒有唸，但是也有可能他不好意思傷害我啦！

漫畫家的朋友們

人生不就是由我們身邊很多小事、瑣事所累積構成的一個我。「我」的存在需要身邊有人，偶爾會想如果一個人出生只有單一靈魂，那還有故事嗎？即便有了故事又要傳達到哪？還是都完全內化成了佛？

從事漫畫這個行業——姑且不論它是否真的是種行業，走在路上多少會遇到同好、一起走同個方向的人。

讀者，我是當朋友看待，當然朋友間也有分三分熟、五分熟、七分熟和全熟的。為何把讀者當朋友？從玄奇的奇蹟來比喻，就能體會我為何會把讀者當朋友了，漫畫創作者是從一張白紙上畫出些東西，接著畫出很多張紙訴說一個故事，內容也許是想取悅他人，也許是喃喃自語，也許純粹是滿足自己。白紙能產生這些原就不可思議了，接著還會有人看！看是生物本能也沒什麼好驚奇的，但看了之後對方居然懂得畫在訴說的影像，並和故事產生共鳴，到了這階段就開始往玄的方向發展，再來就是掏出錢包買下它！這個購買行為完全出自於內心，因為它並非生活上食衣住行之類的必需品。這筆錢原本可以用來看場電影，吃個還不錯的套餐，可以搭客運到某地，可以做很多事，但讀者偏偏買了作品，這不就是朋友會做的事了嗎！對吧！我光這樣想就很感動。

有朋友這樣支持著，才能一直畫啊！當然，政府的比賽獎金和出版社的稿費、版稅是實質的幫助，但從讀者朋友的回響中最能感受自己的存在，如一片樹葉掉到水面起了漣漪，波紋傳到了岸再傳回樹葉本身。

除了讀者朋友，身邊一起畫畫的人，陪著你畫的人、共同討論的人、幫忙想東想西讓作品更好的人，同樣都不可缺少。

他們是辛苦的，他們是指出版社所有負責漫畫作品的人。辛苦是在於還沒完全拿到分鏡草稿前，要面對的是無形的口述，只能在腦中想像畫面，例如我想畫一個關於雜貨店的故事，漫畫很難在一開始就讓編輯清楚要怎麼發展，因為連作者本身也只能說個大概，很難確切的說我之後一定會怎麼讓故事進行。我用預售屋來比喻好了，漫畫家或是任何創作的人，能表達的就是向編輯介紹我有塊地，也許可以在地上畫畫室內分配圖，插幾根木棍示意梁柱，說明裡面主要住戶是哪幾位，大致是什麼樣的關係以及大概會發生什麼事情，偶爾生活上會有朋友來串門或遭遇小偷又或是他們會搬走……我想蓋一間這樣的房子，也許是五樓，頂多屋頂再加蓋。這大概就是漫畫提案時的過程，再來就等出版社評估這個建案了。

在漫畫還一片榮景的時代，連載平台多到出版社還擔心漫畫家不夠，所以提案過程通常不需太久就能積稿上檔，可以讓漫畫家有收入，不用擔心生活的去創作；市場萎縮後，漫畫家失去稿費，只能開始接案或找工作來養創作，這樣的創作方式勢必將時間拉長很多，時間一長就被淡忘，出版社也無法太冒險的等待，於是能見度越來越少，最後漫畫家變成專心接案或工作。這是每個國家都會上演的情節。出版社方面也很無奈，如果沒繼續燒錢做平台，漫畫家也會逐漸出走，當想再拉回來，可能有些不畫了，有些在另一個環境待習慣了。因此漫畫生態並不是單一漫畫家的問題，也不是出版社的問題。

任何一個行業都如同腳踏車鍊，需要扣好才能運轉向前。

如果你也是創作的人，那身邊一定會有些想幫忙你創作的朋友，會在創作過程中給建議。「建議」一詞很微妙，像是天平兩端的東西，作者是一邊，建議是另一邊，畫的人有時容易過於專注而忽略掉一些盲點，另一邊扮演局外提點，兩邊取得平衡，作品就會更趨於完善。在漫畫創作上給建議的角色大都是編輯，不過我是最近三年才進入這樣的模式，之前我並不屬於任何出版社旗下，除了參加比賽之外，就是打游擊，看哪裡有機會發表就去試試，有出資者付我生活所需費用我就配合，安穩一陣子後，再去找另一個站穩腳跟的地方，就因為一直在變動，所以我都是自己編自己畫，收入上也無法聘用助手，幸好也沒有，我是個會一直修改的人，根本沒有ＳＯＰ的流程，助手在我下面做事，恐怕會很傷腦筋也可能被我搞瘋。

可能因為一直在畫漫畫，所以常常是被照顧的一方，朋友都各有自己的專業，很多事靠他們彌補我的不足，他們有事也會找我，何況聊天是很好的靈感來源，一個人無法體驗許多經歷，無法像對方一樣接觸那個圈子的人與事，倒是透過聊天可以感受對方經歷了什麼，即使是閒聊總會有所感觸。說到靈感來源，偷聽旁人的對話也是一種，我大都在咖啡廳畫畫，嘈雜並不影響我創作，畫畫已經是孤獨寂寞的事了，環境熱鬧一點，反而可以減少孤獨感，遇到需要安靜的時候再離開。每個公共場合的人群都是多元的，鄰桌正在賣保險、前面那桌正在傳教分享師傅的厲害、在過去幾桌可能是一群上班族正在罵老闆，除了聲音檔外，還有很多影像檔，時常一個人來吃早餐的老人、一個常來收廢紙箱的啞巴、一對上了年紀的老夫少妻、隔著窗看著上小小班的孩子玩團體遊戲的媽媽，偶爾看我畫畫他們會主動來攀談，有時則是我先打招呼，但通常都是我用偷看與偷聽身邊的影像和聲音。就像是個小偷兼仿冒廠商，我經常偷人家的故事或正經歷的事，做些修改畫成故事。或許有人會問，這樣的片段如何兜成完整的故事？不過，人生不就是由我們身邊很多小事、瑣事所累積構成的一個我。「我」的存在需要身邊有人，偶爾會想如果一個人出生只有單一靈魂，那還有故事嗎？即便有了故事又要傳達到哪？還是都完全內化成了佛？

還好我是活在很多人的世界啊，我是幸運的，能畫到現在，都要感謝這群給我故事的朋友們。

後語

最後一哩路

臉書上常有人分享勵志文，講述很多成功例子，或是經過一連串失敗終於成功的人，說了很多他們為人處事的原則和方法，搞得像武功祕笈，從外功的第一式到內功的心法。我沒有排斥這類文章，相對的，這是一種讓人感覺到希望的媒介，有個成功在前頭當信仰方便保持腳步。

在入行之前我也是抱持信仰，希望能夠像某位漫畫家一樣。後來隨著遇到的各種情況，逐漸體會了按照成功模式反而更無法做出些什麼。如果成功可以像個模具那麼容易複製，世上就不會有失敗了。所以成功人士在分享經驗時，把它當成故事就好，千萬別當成你的行為準則。

助手時期，說故事與分鏡方式會特意模仿老師，因為老師這一套在業界是成功的，可是久了發現自己完全像是部複製機器，明明造型不同，台詞也不同，但旁人就是看得出我在模仿老師的套路。畫畫過程中模仿是必需的，甚至不只是畫畫，例如在各項運動中，我們也會模仿有名的選手做出相同的動作，我想這是天性，可以歸類為進步或贏得認同的一種學習，等有了技能基礎才漸漸找出屬於自己的風格，當然也有人始終沒有創出自己的風格，不過這都無關緊要，至少已經走在學習的這條路上了，已經透過模仿學到了技術、得到了體認。但是把模仿獲得的能量內化後，再呈現出自己的表演方式，這是一哩路。很短但也可能是很長的路。

如果要細分，一哩路可以是從開頭的空想到拿起筆畫；從拿筆畫走到完成草稿；從草稿走到完稿……用說的很簡單輕鬆，實際上光從空想到拿筆這段路就滿崎嶇了，所有創意和創作要想出開頭並不難，難的是如何接續。我也畫過不少起了頭然後走不下去的漫畫，偶爾整理稿件時，還會發現它們躺在紙堆裡，常常順勢看一看回想一下過往，就像在看舊照片一樣，看完又再把它們埋回去，我想滿多漫畫家都會有類似的經驗。開頭草稿一直到草稿完成，整個過程很像行走在田地的阡陌上，在一頁裡安排分鏡如同在一塊地分割區域種植，每一頁接續每一頁，該轉折，該鋪哏，該呼應，是很傷腦筋的。以一般周刊一回十八頁計算，也就是完成了十八頁還有下一回的草稿十八頁之後，還有很多十八頁在等著，一開跑就是漫長的馬拉松賽了，所以真佩服那些一直在連載線上的漫畫家，那次和《小日子》訪問吳導的辦公室，看見弘兼憲史送他的簽名。吳導順便跟我提了他們的對話，弘兼憲史說現在他畫圖有比以前輕鬆了，可以睡滿五個小時了。接著又說，他家裡三年前裝了按摩浴缸，但他到現在都沒用過。從吳導的轉述就知道，日本線上漫畫家的日子過得有多硬。

草稿完成之後是完稿了，完稿包括上墨線、貼網點、修台詞，我則是偶爾會在這階段重新調整分鏡，等於是把之前跑過的路線又再重跑一次，花的工時不亞於草稿階段。草稿的精力主要是花在安排劇情、節奏與分鏡的思維上，完稿則是花時間與耐力，雖然目前的電腦軟體已經進步到有現成的背景圖、速度線、效果線，可以輔助很多後製的畫面構成，甚至也有漫畫家從草稿到完稿都在電腦上完成，只是花費的工序與精力還是相同的。除非未來發明一種光用腦子想分鏡便能畫出來的機器。無論如何，在發明之前，漫畫仍是一哩路接續著一哩路，一個段落好不容易結束，休息一下又要展開下一哩路。剛剛說的是作者在構思畫圖上的路程，假使再把鏡頭拉遠一些，就能看見作者走在漫畫這條路的步伐。創作很難跟建築一樣，無法按部就班進行，房子就會佇立在面前。漫畫也不是畫得多或是用心畫就能有同等值的回應。或許畫技和說故事會因此進步，但仍不是漫畫之路的成功保證。所以呢，走在這條路上常會抱持懷疑，懷疑自己的能力、質疑這條路的環境，當付出與回應不成正比時還會想繼續嗎？完成作品當下有很大的成就感，但作品推出後的回響不如預期的話，是否承受得住成就感瞬間瓦解？這種挫敗不是只有作者，是連一起幫忙的團隊也會受到影響。面對這些還能重振信心、邁出下一步嗎？

「無奈」，也許是創作路上要學會怎麼咀嚼、消化、排出體外的技能。

幾乎每場訪問都會有兩個固定被問到的問題。一個是：你會鼓勵人從事漫畫這行業嗎？另一個是：你對新進的漫畫家有什麼建議？

我的回答通常是，當然鼓勵呀！可是要先想好養自己的方法，不能因為你要做夢想的事而拖累身旁的人，那太自私了。當然，如果家裡超有錢那就沒關係，也許你還可以投資很多漫畫家。第二個問題就很難回答了，如我一開頭說的，一個人的建議不一定適合另一個人，不過，我敢肯定有個建議絕對錯不了，那就是多看、多想、多畫。

請原諒我把漫畫這行業說得這麼藍(BLUE)。也許沿途上會有一起走的夥伴，但畫圖時終究還是得面對孤單；想故事是豐富精采的，一旦落到工作就滿單調的。工作大多數時間都是低著頭，默默的做，前方很難有明顯的燈塔導引……不過，總會有風景在等著我們。

最後要謝謝大塊文化，心臟很強的鼓勵我用文字來說故事。大家眼睛辛苦了！

感謝！

——番外篇——

漫畫家日和

7:50

20
他們守護著彼此，
卻永遠看不見對方。
有時腳步走得太快，
心因而跟不上。
……

Coffe

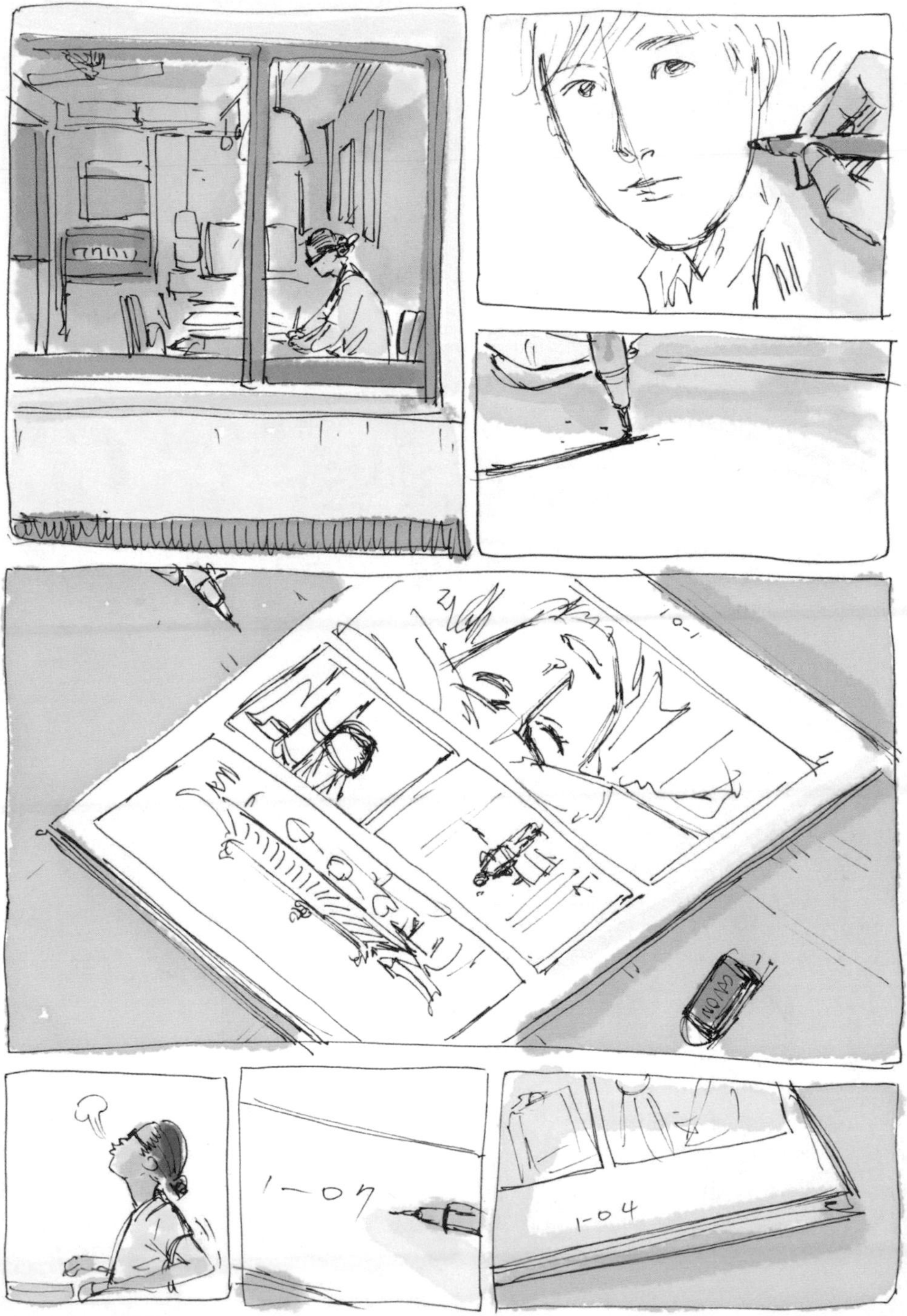
1-07
1-04

ok

00:30
LINE
good
night
♡

國家圖書館出版品預行編目(CIP)資料

阮是漫畫家 / 阮光民著 . -- 初版 . -- 臺北市 :
大塊文化 , 2017.09
面 ; 公分 . -- (mark ; 134)
ISBN 978-986-213-823-6(平裝)

855 106014060

LOCUS

LOCUS

LOCUS

LOCUS